Tucholsky    Wagner        Zola        Scott
Turgenev        Wallace    Fonatne  Sydow      Freud      Schlegel

    Twain      Walther von der Vogelweide    Fouqué    Friedrich II. von Preußen
                  Weber                    Freiligrath                    Frey
Fechner    Fichte   Weiße Rose   von Fallersleben   Kant   Ernst        Richthofen   Frommel
                                                Hölderlin
        Fehrs    Engels      Fielding      Eichendorff    Tacitus   Dumas
                  Faber      Flaubert
                                            Eliasberg                    Ebner Eschenbach
Feuerbach    Maximilian I. von Habsburg   Fock      Eliot      Zweig
                            Ewald                                            Vergil
        Goethe                        Elisabeth von Österreich      London
Mendelssohn   Balzac   Shakespeare
                        Lichtenberg   Rathenau      Dostojewski      Ganghofer
    Trackl    Stevenson                          Doyle      Gjellerup
Mommsen                  Tolstoi      Hambruch
        Thoma                      Lenz      Hanrieder    Droste-Hülshoff
Dach              Verne   von Arnim   Hägele      Hauff            Humboldt
        Reuter                              Hauptmann
Karrillon          Garschin   Rousseau   Hagen                          Gautier
        Damaschke      Defoe      Hebbel      Baudelaire
                        Descartes                      Hegel    Kussmaul   Herder
Wolfram von Eschenbach            Dickens    Schopenhauer
        Bronner    Darwin   Melville          Grimm  Jerome    Rilke      George
        Campe      Horváth      Aristoteles                    Bebel        Proust
Bismarck    Vigny                  Barlach   Voltaire   Federer            Herodot
                    Gengenbach            Heine
    Storm    Casanova                Tersteegen        Gilm   Grillparzer   Georgy
            Chamberlain    Lessing    Langbein                Gryphius
Brentano                                        Lafontaine
Strachwitz    Claudius      Schiller              Kralik   Iffland  Sokrates
        Katharina II. von Rußland      Bellamy   Schilling
                                    Gerstäcker    Raabe    Gibbon      Tschechow
Löns    Hesse    Hoffmann      Gogol                Wilde      Gleim    Vulpius
    Luther   Heym   Hofmannsthal   Klee   Hölty   Morgenstern
        Roth   Heyse   Klopstock                      Kleist      Goedicke
Luxemburg                      Puschkin    Homer
            La Roche                      Horaz    Mörike
Machiavelli                  Kierkegaard    Kraft   Kraus          Musil
Navarra  Aurel    Musset
                        Lamprecht   Kind   Kirchhoff   Hugo          Moltke
Nestroy   Marie de France
                            Laotse    Ipsen    Liebknecht
    Nietzsche      Nansen
            Marx      Lassalle   Gorki    Klett   Leibniz          Ringelnatz
von Ossietzky    May      vom Stein   Lawrence                  Irving
Petalozzi                                            Knigge
        Platon    Pückler   Michelangelo                  Kock    Kafka
    Sachs    Poe                      Liebermann              Korolenko
        de Sade  Praetorius      Mistral        Zetkin

Der Verlag tredition aus Hamburg veröffentlicht in der Reihe **TREDITION CLASSICS** Werke aus mehr als zwei Jahrtausenden. Diese waren zu einem Großteil vergriffen oder nur noch antiquarisch erhältlich.

Symbolfigur für **TREDITION CLASSICS** ist Johannes Gutenberg (1400 — 1468), der Erfinder des Buchdrucks mit Metalllettern und der Druckerpresse.

Mit der Buchreihe **TREDITION CLASSICS** verfolgt tredition das Ziel, tausende Klassiker der Weltliteratur verschiedener Sprachen wieder als gedruckte Bücher aufzulegen – und das weltweit!

Die Buchreihe dient zur Bewahrung der Literatur und Förderung der Kultur. Sie trägt so dazu bei, dass viele tausend Werke nicht in Vergessenheit geraten.

# Die Irrungen / Verloren und Gefunden

## Fragment aus dem Leben eines Phantasten

E.T.A. Hoffmann

# Impressum

Autor: E.T.A. Hoffmann

Umschlagkonzept: toepferschumann, Berlin

Verlag: tredition GmbH, Hamburg
ISBN: 978-3-8424-6875-7
Printed in Germany

Text der Originalausgabe

# E.T.A. Hoffmann

# Die Irrungen

## Fragment aus dem Leben eines Phantasten

# Verloren und Gefunden

In dem zweiundachtzigsten Stück der »Haude- und Spenerschen Zeitung« vom Jahre 18-- befand sich folgende Aufforderung:»Derjenige junge schwarz gekleidete Mann mit braunen Augen, braunem Haar und etwas schief verschnittenem Backenbart, welcher vor einiger Zeit im Tiergarten auf einer Bank unfern der Statue des Apollo eine kleine himmelblaue Brieftasche mit goldnem Schloß gefunden und wahrscheinlich geöffnet hat, wird, da man weiß, daß er in Berlin nicht heimisch ist, ersucht, sich am vierundzwanzigsten Julius des künftigen Jahres in Berlin, und zwar in dem Hotel, ›Die Sonne‹ geheißen, bei der Madame Obermann einzufinden, um das Nähere über den Inhalt jener Brieftasche, der ihm vielleicht interessant geworden, zu erfahren. Sollte jedoch der besagte junge Mann den Entschluß, den er einmal gefaßt, jetzt auszuführen gedenken und nach Griechenland reisen wollen, so wird er sehr gebeten, sich in Patras auf Morea an den preußischen Konsul Herrn Andreas Condoguri zu wenden und ihm die gedachte Brieftasche vorzuzeigen. Dem geschätzten Finder wird sich dann ein anmutiges Geheimnis erschließen.«

Der Baron Theodor von S. geriet, als er dies auf dem Kasino las, in eine freudige Bestürzung. Niemand anders konnte in jener Aufforderung gemeint sein als er selbst, denn eben er hatte, es mochte wohl schon ein Jahr her sein, im Tiergarten an der bezeichneten Stelle eine kleine himmelblaue Brieftasche mit einem goldenen Schloß gefunden und zu sich gesteckt. Der Baron gehörte zu den Leuten, denen nicht eben viel Besonderes im Leben begegnet, die aber alles, was ihnen in den Weg tritt, für etwas ganz Außerordentliches und sich selbst von dem Schicksal dazu bestimmt halten, das Außerordentliche, Unerhörte zu erfahren. Gleich damals als der Baron die Brieftasche fand, die ihrer Form nach einer Dame angehören mußte, war er überzeugt, daß ihm irgendein seltsames Abenteuer aufgehen würde. Wichtigere Dinge (wir werden erfahren welche) brachten ihm indessen die Brieftasche aus den Gedanken, und um so größer war die Überraschung, daß nun erst das erwartete Abenteuer eintreffen sollte.

Fürs erste mußte sich aber der Baron über zwei Dinge in jener Aufforderung ärgern, nämlich daß seine Augen braun sein sollten, die er immer für blau gehalten, und daß sein Backenbart für schief verschnitten angegeben wurde. Letzteres griff ihn um so mehr an die Seele, als er selbst vor dem schärfsten Pariser Toilettenspiegel das schwierige Geschäft des Zustutzens seines Backenbarts besorgte und sich darin, wie der Kennerblick des Theaterfriseurs Warnicke längst entschieden, als Meister bewährte. Nachdem der Baron sich sattsam geärgert, stellte er folgende Betrachtungen an.

»Erstlich, warum hat man mit jener Aufforderung beinahe ein Jahr gezögert? – Hat man mich unter der Zeit zu erforschen gesucht? – Aber, durfte zweitens dies wohl geschehen, da man mich näher kennen mußte, um zu wissen, was für Geheimnisse mich es einmal aussprechen ließen, daß einer besondern Konstellation halber ich nach Griechenland reisen wolle? – Kann drittens das anmutige Geheimnis wohl anderer Natur sein als weiblicher? – O Gott! es ist viertens gar nicht zu zweifeln, daß zwischen mir und dem Engelsbilde, das jene Brieftasche auf der Bank unweit der Statue des Apollo liegenließ, gewiß geheime Beziehungen obwalten, die sich bei der Madame Obermann in der ›Sonne‹ oder in Patras auf Morea entwickeln werden. Wer weiß, welche herrliche Träume, welche süße Ahnungen dann plötzlich in reges glühendes Leben treten, welches zarte Geheimnis wie ein wundervolles Märchen mit aller Lust, allem seligen Entzücken in mir aufgehen wird! – Aber, wo ist, fünftens, um tausend Himmels willen die verhängnisvolle Brieftasche geblieben?«

Dieser fünfte Punkt war ein sehr böser, da er mit einem Schlage alle geträumte Hoffnungen, das außerordentlichste aller Abenteuer zu bestehen, vernichten mußte. Vergebens blieb alles Nachsuchen, und dem Baron war es in der Tat unbegreiflich, wie er sich gar nicht darauf zu besinnen vermochte, ob er die Brieftasche noch später in Händen gehabt. Zuletzt kam er darauf, daß ein großer Verdruß, den er an jenem Abende hatte, da er die Brieftasche fand, ihn so sehr außer Fassung gebracht, daß er alles übrige und auch die Brieftasche darüber vergessen.

Gerade an dem Tage trug er zum erstenmal eine der saubersten, zierlichsten, wohlpassendsten Kleidungen, die jemals der Kleiderkünstler Freitag verfertigen lassen und mit weisem Überblick redigiert hatte. Neun Barone, fünf Grafen und mehrere simple Edelleute hatten auf Ehre und Seligkeit geschworen, der Frack sei göttlich und die Pantalons deliziös, aber freilich, Graf E., der Rhadamanthus der modernen Welt, hatte sein Urteil noch nicht gesprochen. Das Schicksal wollte, daß der Baron von S., gerade als er, nachdem er die Brieftasche gefunden, aus dem Tiergarten zurückkehrte, unter den Linden dem Grafen v. E. begegnete. »Guten Abend, Baron!« rief der Graf ihm zu, lorgnierte ihn einen Augenblick, sprach dann mit entscheidendem Tone: »Die Taille beinahe um einen Achtelzoll zu breit!« und ließ den Baron stehen.

Der Baron hielt, was den Anzug betrifft, zu sehr auf Sitte und Ordnung, um nicht über den abscheulichen Verstoß dagegen, den er am Ende sich selbst beizumessen, in großen Zorn zu geraten. Der Gedanke, einen ganzen Tag in Berlin mit einer zu breiten Taille umhergegangen zu sein, hatte für ihn etwas Entsetzliches. Er rannte wild nach Hause, ließ sich auskleiden und befahl dem Kammerdiener, das unselige Kleid ihm aus den Augen zu bringen. Erst dann kam Trost in seine Seele, als nach ein paar Tagen ein schwarzes Kleid aus dem Atelier des Künstlers Freitag hervorgegangen, das selbst Graf E. für makellos erklärte. Genug – die zu breite Taille war schuld an dem Verlust der Brieftasche, über den der Baron in völlige Trostlosigkeit geriet.

Mehrere Tage waren vergangen, als es dem Baron einfiel, seine Garderobe zu mustern. Der Kammerdiener schloß den Schrank auf, in dem der Baron die Kleider, die er nicht mehr trug, aufhängen zu lassen pflegte. Aus dem Schrank strömte dem Baron ein starker Geruch von Rosenöl entgegen. Auf Befragen versicherte der Kammerdiener, daß dieser Geruch von jenem schwarzen Frack mit der breiten Taille herrühre, den er vor einiger Zeit hineingehängt, da ihn der Herr Baron nicht mehr tragen wollen.

Sowie der Kammerdiener diese Worte aussprach, leuchtete in dem Baron wie ein Blitz der Gedanke auf, der, wie man meinen sollte, eben nicht so sehr entfernt gelegen, nämlich daß er das gefundene Kleinod in die Busentasche des Rocks gesteckt und im Verdruß wieder herauszunehmen vergessen. Er erinnerte sich in dem Augenblick, daß die Brieftasche stark nach Rosenöl gerochen.

Der Rock wurde hervorgeholt, es traf ein, was der Baron geahnt.

Man kann denken, mit welcher Ungeduld der Baron das kleine goldne Schlößlein öffnete, um den Inhalt der Brieftasche zu erfahren, der seltsam genug war.

Zuerst fiel dem Baron ein sehr kleines Messerchen von sonderbarer Form, beinahe anzusehen wie ein chirurgisches Instrument, in die Hände. Dann erregte seine Aufmerksamkeit ein seidenes strohgelbes Band, in dem allerlei fremdartige Charaktere, beinahe chinesischer Schrift ähnlich, in schwarzer Farbe eingewirkt waren. Ferner fand sich in einem seidenpapiernen Umschlage eine verdorrte unbekannte Blume. Wichtiger als alles schienen aber dem Baron zwei beschriebene Blätterchen. Auf dem einen standen Verse, die indessen der Baron leider nicht zu verstehen vermochte, da sie in einer Sprache abgefaßt waren, die selbst manchem vortrefflichen Diplomatiker fremd blieb, nämlich in der neugriechischen. Die Handschrift auf dem andern Blatte schien ohne Vergrößerungsglas kaum lesbar, doch überzeugte sich der Baron bald zu seiner großen Freude, daß italienische Worte darauf standen. Der italienischen Sprache war der Baron vollkommen mächtig.

In einem kleinen winzigen Täschchen steckte endlich noch die Ursache des Dufts, den Brieftasche und Rock verbreitet, nämlich ein in ein feines Papier gewickeltes, wie gewöhnlich hermetisch verschlossenes Fläschlein Rosenöl.

Auf dem Papier stand ein griechisches Wort, und zwar: Σχνουεσπελπολδ.

Es kann hier gleich bemerkt werden, daß der Baron tags darauf bei einem Mittagsmahl in der Jagorschen Restauration mit dem Herrn Geheimen Rat Wolf zusammentraf und ihn um die Deutung des griechischen Worts befragte, das auf dem Zettel stand. Der Geh. Rat Wolf hatte aber kaum einen flüchtigen Blick auf den Zettel geworfen, als er dem Baron ins Gesicht lachte und erklärte, daß das ja gar kein griechisches Wort, sondern nicht anders zu lesen als:

*Schnüspelpold*, mithin ein Name sei, und zwar ein deutscher, kein griechischer, da im ganzen Homer dergleichen nicht vorkomme und auch billigerweise nicht vorkommen könne.

So gut, wie gesagt, sich der Baron auf das Italienische verstand, so wollte ihm doch die Entzifferung des Blättleins nicht recht gelingen. Denn außerdem daß die Schrift ein wahres Augenpulver zu nennen, so waren auch manche Stellen beinahe ganz verwischt. Es schien übrigens, als habe die Besitzerin der Brieftasche (daß diese einem Frauenzimmer angehört, war wohl außer allem Zweifel) einzelne Gedanken aufgeschrieben, um sie zu einem Briefe an eine vertraute Freundin zu nutzen, das Blättlein konnte aber auch eine Art von Tagebuch vorstellen. – Genug, der Baron zerbrach sich den Kopf und verdarb sich die Augen!

# Das Blättlein aus der Brieftasche

- Die Stadt ist im ganzen schön gebaut mit schnurgeraden Straßen und großen Plätzen, hin und wieder trifft man Alleen von halbverdorrten Bäumen, die, wenn der unheimlich sausende Wind dichte Staubwolken vor sich hertreibt, ihr fahlgraues Laub traurig schütteln. Kein einziger Springbrunnen sprudelt lebendiges Wasser empor und verbreitet Kühle und Labung, deshalb sind die Märkte öde und leer. Der Basar, bei klappernden tosenden Mühlen gelegen, klein und versteckt, ist mit dem in Konstantinopel gar nicht zu vergleichen. Auch fehlt es ihm an prächtigen Stoffen und Juwelen, die in einzelnen Häusern feilgeboten werden. Manche dieser Kaufleute bestreuen ihr Haupt mit weißem Puder, um ein ehrwürdiges Ansehen und mehr Vertrauen zu gewinnen, sind aber ebendeshalb sehr teuer. Es gibt mehrere Paläste, die aber nicht aus Marmor gebaut sind, da es in der Gegend ringsumher an Marmorbrüchen gänzlich fehlen soll. Das Baumaterial besteht in kleinen, im länglichen Viereck geformten Backsteinen, die häßlich rot und unter dem Namen: Ziegel bekannt sind. Doch habe ich auch Quadersteine gesehen, sie jedoch kaum für Granit oder Porphyr halten können. – Ich wünschte aber wohl, daß du, geliebte Chariton, das schöne Tor, welches eine Quadriga mit der Siegesgöttin schmückt, sehen könntest. Es erinnert an den großen erhaben einfachen Stil unserer Vorfahren. – Warum spreche ich aber so viel von den toten kalten Steinmassen, die auf diesem glühenden Herzen lasten und es zu erdrücken drohen? – Hinaus – hinaus aus dieser Öde! – ich will dir, Geliebte, nicht – – Mein Magus war heute boshafter und ärgerlicher als je. Er hatte bei dem Mittagsessen zu viel getanzt und sich den Fuß verstaucht. Konnte ich dafür, war es recht, mich zu quälen mit hundert abscheulichen Vorwürfen? – Wenn werde ich die Ketten abstreifen des häßlichen Unholds, der mich zur Verzweiflung bringen wird, der mich – – Ich rieb ihm den Fuß mit Balsam von Mekka ein und legte ihn ins Bette, da wurde er still und ruhig. Nachher stand er auf, machte Schokolade und bot mir eine Tasse an: ich trank aber nicht, aus Furcht, er möge Opium hineingetan haben, um mich einzuschläfern und dann zu verwandeln, wie er es schon oft getan hat.

Häßliches, widerwärtiges Mißtrauen! Unseliges feindliches Vorurteil! Mein Magus war heute die Milde, die Freundlichkeit selbst! Ich fuhr leise mit den Fingern über das Kahlköpfchen hin, da leuchteten seine große, schöne, schwarze Augen mich an, und er sprach ganz entzückt:»Gleich! gleich!« In der Tat holte er auch auf der Stelle sein Handwerkszeug hervor und drückte auf einen dunkelroten Shawl den prächtigsten Goldrand, den ich nur wünschen konnte. Ich warf ihn um, und wir gingen, nachdem mein Magus wie gewöhnlich den Elektrophor an sein Hinterhaupt geschroben, nach dem freundlichen Walde, der dicht vor dem Tore mit der Siegesgöttin gelegen ist, so daß es nur weniger Schritte bedarf, um in schöne finstre Laubgänge zu treten. – Im Walde befiel meinen Magus seine mürrische Laune. Als ich den Spaziergang rühmte, fuhr er mich hart an, ich solle mir nicht törichterweise einbilden, daß das wirkliche Bäume, Büsche wären, daß das wirklich gewachsenes Gras, Feld, Wasser sei. Ich könne das ja schon an den stumpfen Farben sehen, daß alles nur in spaßhafter Kunst fabriziertes Zeug wäre. Im Winter, behauptete mein Magus, würde alles eingepackt, nach der Stadt gebracht und zum Teil an die Zuckerbäcker vermietet, die es zu ihren sogenannten Ausstellungen brauchten. Wollte ich einmal ein bißchen wahrhafte Natur schauen, so würd er mich in das Theater führen, wo hierzulande allein was Ordentliches von dergleichen Dingen zu schauen. Beim Theater wären nämlich grundgeschickte Naturmeister angestellt, die Berg und Tal, Baum und Gebüsch, Wasser und Feuer keck zu handhaben wüßten. – Oh, wie mich das verdroß! – Ich sehnte mich nach jenem Platz, der mich an die schöne Zeit erinnert, als du, meine süße Chariton, noch meine Gespielin warst! – Ein runder, mit dichtem Gebüsch umgebener Platz, in dessen Mitte die Statue des Apollo aufgerichtet steht. Wir kamen dahin! Ich verlangte mich niederzulassen; da stieg aber der Unwille meines Magus. Er meinte, die vermaledeite Puppe errege ihm Angst und Entsetzen, und er müsse ihr die Nase abschlagen, damit sie nicht lebendig würde und ihn prügle. Er hob auch wirklich sein langes starkes Rohr auf gegen das Bild! – Du kannst dir denken, was ich empfand, als mein Magus verfahren wollte nach dem Grundsatz des mir verhaßten Volks, das wirklich in tollem abergläubischen Wahnsinn den Statuen die Nasen abschlägt, damit sie nicht lebendig werden! – Ich sprang hinzu, nahm meinem Magus den Stock aus der Hand, erfaßte ihn dann selbst und setzte ihn auf eine Bank. Da lächelte er mich höhnisch an und sprach, daß ich mir nur nicht einbilden solle, eine wirklich aus Stein gehauene Statue vor mir zu sehen, ich könne das an dem unförmlichen wulstigen Körper bemerken, der nach Benvenuto Cellinis Ausdruck einem mit Melonen gefüllten Sack gliche. Hierzulande würden dergleichen Statuen in der Art verfertigt, daß man einen hohen Sandhaufen aufschütte und dann so lange geschickt hineinblase, bis sich das Bild forme. Dann bat mein Magus, ich möchte ihm erlauben, an das Wasser unfern des Platzes, wo wir uns befanden, zu gehen, um ein wenig den Fröschen zuzuhorchen. Ich ließ das gern zu, und als er -

Das Abendrot stieg auf, und glühende Funken hüpften im dunklen Laube von Blatt zu Blatt. – Es rauschte über mir im Gebüsch, und eine Nachtigall schlug einzelne klagende Laute an. Ein süßes Weh erfüllte meine Brust, und von unwiderstehlichem sehnsüchtigem Verlangen getrieben, tat ich, was ich nicht tun sollen! – Du kennst, o meine Chariton, das magische Band, das verführerische Geschenk unsers Alten. – Ich zog es hervor und schlang es um die Pulsader meines linken Arms. – Alsbald flatterte die Nachtigall hinab und sang zu mir in der Sprache meines Landes:

»Ärmste, warum flohst du hieher? Kannst du entrinnen der Wehmut, der dürstenden Sehnsucht, die auch hier dich umfängt? Und tiefer verwundend, faßt dich hier fern von der wirtlichen Heimat der Schmerz getäuschter Hoffnungen! – Der Verfolger ist hinter dir! flieh! – flieh! – du Ärmste! – Aber du willst ihn sterben, den Tod in Liebe! – gib ihn mir, gib ihn mir und lebe in seliger Ahnung, die mein Herzblut in deiner Brust entzündet.«

Die Nachtigall flatterte in meinen Schoß, ich holte in zauberischer Betörung mein kleines Mordinstrument hervor, aber wohl mir! – mein Magus erschien, die Nachtigall schwang sich auf, ich riß das Band vom Arm herab und - -

- Ich fühlte mein ganzes Selbst erbeben! – Dasselbe Haar – dieselben Augen – derselbe freie stolze Gang – Nur entstellt durch die häßliche abenteuerliche Kleidung, die hierzulande üblich, und von welcher dir, meine geliebte Chariton! einen deutlichen Begriff zu machen, ich mich vergebens mühen würde. Soviel sage ich dir, daß das Oberkleid, bei uns die Zierde der Männer, gewöhnlich von dunkler, häufig von schwarzer Farbe und nach der Form der Flügel und des Schweifs der Bachstelze zugeschnitten ist. Diese Form wird vorzüglich durch den Teil des Kleides erreicht, den man hier Rockschöße nennt und in denen Taschen angebracht sind zur Aufbewahrung kleiner Bedürfnisse, des Schnupftuchs und so weiter. Merkwürdig scheint auch, daß es hierzulande für junge Männer von Stande und Bildung unanständig ist, Backen und Kinnladen unbedeckt sehen zu lassen. Beides wird durch Haare, die sie stehen lassen, sowie durch ein Stücklein gesteiften Batistes, das aus der Halsbinde auf beiden Seiten emporsteigt, bedeckt. Am seltsamsten scheint mir aber die Kopfbedeckung, die aus einer zylinderförmigen Mütze aus steifem Filz mit einem Rande besteht und die man »Hut« nennt. Ach, Chariton! – trotz dieser abscheulichen Kleidung kannte ich ihn wieder! – welche dämonische Macht hat ihn mir geraubt! – Wie, wenn er mich erblickt hätte! – Schnell schlang ich das magische Band um meinen Hals, er ging dicht bei mir vorüber, ich blieb ihm unsichtbar, doch schien er das Dasein irgendeines ihm befreundeten Wesens zu ahnen. Denn unfern von mir warf er sich auf eine Bank, nahm den Hut ab und trillerte eine Melodie, deren Worte ungefähr hießen: »Laß dich erblicken«, oder: »Laß dich am Fenster sehen!«Dann zog er ein Futteral hervor, aus dem er jenes seltsame Instrument nahm, das man hier eine Brille nennt. Er setzte dies Instrument auf die Nase, befestigte es hinter den Ohren und schaute durch die hell und glänzend geschliffene Gläser, die vor den Augen standen, unverwandt hin nach dem Orte, wo ich saß. – Ich erschrak, daß der magische Blick durch jene Gläser, ein mächtiger Talisman, meinen Zauber zerstören werde, ich hielt mich für verloren, doch es begab sich, daß – – – verhängnisvollste meines Lebens! – Wie soll ich es dir denn sagen, meine geliebte Chariton, wie dir beschreiben das unnennbare Gefühl, das mich durchdrang! – Doch laß mich zu Worten kommen. – Maria ist ein gutes liebes Kind, und obschon nicht unserer Religion zugetan, ehrt sie doch unsere Gebräuche und ist überzeugt von der Wahrheit unseres Glaubens. In der Vornacht des heiligen Johannistages entschlüpfte ich der Aufsicht meines Magus. Maria hatte sich des Hausschlüssels bemächtigt, sie wartete meiner mit einem zierlichen Gefäß, und wir gingen beide in tiefem Schweigen hinaus in den Wald und holten aus einer dort befindlichen Zisterne das heimliche Wasser, in das wir geweihte Äpfel warfen. Am andern Morgen, nachdem wir mit inbrünstiger Andacht zu dem heiligen Johannes gefleht, hielten wir das Gefäß auf unsern vier ausgestreckten Daumen empor. – Es drehte sich rechts, es drehte sich links – zitternd und schwankend! – Vergebens unser Hoffen!

Allein, nachdem ich Kopf, Hals und Brust mit dem heimlichen Wasser, in dem der geweihte Apfel lag, gewaschen, begab ich mich tief verschleiert, ohne daß es mein Magus, der seinen langen Traum träumte, zu bemerken schien, nach dem in der Stadt belegenen Baumgange, die Linden geheißen. Da rief eine alte Frau mehrmals hintereinander mit starker Stimme:»Theodor – Theodor!«

– O meine Chariton! – durchbebt von Schreck und Wonne wäre ich beinahe ohnmächtig niedergesunken! Ja, er ist es! – er ist es! – O all ihr Heiligen! – ein Prinz, sonst reich, groß, mächtig, jetzt heimatlos umherstreifend im Bachstelzenhabit und steifer Filzmütze – Könnt ich nur -

Mein Magus hält in seiner üblen Laune wie gewöhnlich alles für närrische Einbildungen und ist zu weiterer Nachforschung nicht zu bewegen, die ihm doch so leicht werden würde, da er sich nur an die Stelle im Walde, wo ich Theodor erblickte, begeben, dort aber ein Schnittchen von meinem geweihten Apfel essen und einen Schluck von dem geheimen Wasser trinken dürfte. Aber er will nicht, er will durchaus nicht und ist überhaupt mürrischer als je, so daß ich zuweilen genötigt bin, ihn zu züchtigen, welches denn leider seine Macht über mich nur verstärkt, doch wenn mein geliebter Theodor -

– mit Mühe eingelehrt. Jetzt tanzt aber meine Maria den Romeca so schön, wie man ihn bei uns nur sehen mag. Es war eine schöne Nacht, warm und duftig glänzend im Mondesschimmer. Der Wald horchte in staunendem Schweigen unserm Gesange zu, und nur dann und wann flüsterte und rauschte es in den Blättern, als hüpften Elflein vorüber, und wenn wir einhielten, dann tönten wohl die seltsamen Stimmen der Geister der Nacht durch die Stille und regten uns auf zum neuen Liede. Mein Magus hatte in seinem Elektrophor eine Theorbe mitgenommen und wußte die Akkorde des Romeca recht schön und feierlich anzuschlagen, wofür ich ihm auch weißen Honig versprach zum Frühstück andern Tages -

Endlich, Mitternacht war längst vorüber, nahten sich Gestalten durch das Gebüsch unserm einsamen Rasenplatz. Wir schlugen die Schleier über, nahmen den Magus auf die Schultern und entflohen so schnell, als wir nur vermochten. – Übereilte unselige Flucht! Der Vogel war zum erstenmal unwillig, aber er sprach nur verwirrtes Zeug und wies meine Fragen zurück, weil er doch nur ein Papagei wäre und kein Professor. – Ja, übereilte unselige Flucht, denn gewiß war es Theodor, der sich uns nahte und – Mein Magus war so erschrocken, daß ich ihn zur Ader lassen mußte -

– herrlicher Gedanke! – Ich schnitt heute mit meinem Messerchen in den Stamm des Baumes, unter dem ich saß, als Theodor mir gegenüber war und meine Verhüllung nicht zu durchblicken vermochte, ja, in diesen Stamm schnitt ich die Worte ein: »Theodor! vernimmst du meine Stimme? – es ist – ruft die dich – ewig – furchtbarer Tod – nimmer – ermordet – Konstantinopel – unabänderlicher Entschluß – Oheim – wohl -«

# Die Reise nach Griechenland

Den Baron Theodor von S. setzte der Inhalt des Blättleins, dessen letzte Worte leider völlig verwischt und unleserlich waren, ganz außer sich selbst.

Freilich möchte aber auch wohl jeder andere, trug er auch nicht, so wie Theodor, beständig chimärische Abenteuer im Sinn, bei den Umständen, wie sie hier zutrafen, in große Verwunderung, ja in tiefes Erstaunen geraten sein. Außerdem daß schon das Geheimnisvolle des Ganzen, das Hindeuten auf ein seltsames weibliches Wesen, das Zauberkünste übte, das im steten Umgange lebte mit einem magischen Prinzip, ihm Herr und Diener zugleich, den Baron im höchsten Grade spannte, so mußte diese Spannung bis zum halben Wahnsinn steigen, als er sich selbst in den Zauberkreisen gefangen sah, die das Blättlein oder vielmehr jenes unbekannte Wesen, der es angehörte, um ihn gezogen.

Der Baron erinnerte sich nämlich sogleich, daß er, vor langer Zeit durch den Tiergarten wandelnd, sich auf eine Bank geworfen, der gegenüber, wo er die Brieftasche fand. Daß es ihm gewesen, als höre er leise Seufzer. Daß er durchaus geglaubt, ihm gegenüber sitze ein in lange Schleier gehülltes Frauenzimmer, und daß er, unerachtet er seine Brille aufgesetzt, nichts, gar nichts habe entdecken können. Dem Baron fiel ferner ein, daß, als er einst mit mehreren Freunden in später Nacht vom »Hofjäger« heimkehrte, ihnen aus dem fernen Gebüsch ein ganz seltsamer Gesang und ebensolch sonderbare Akkorde eines unbekannten Instruments entgegenklangen und daß sie, endlich der Stelle, wo die Musik herzukommen schien, genaht, zwei weiße Gestalten schnell fliehen sahen, die etwas Rotglänzendes auf den Schultern zu tragen schienen. – Der Name Theodor entschied nun vollends die Sache!

In voller Hast lief nun der Baron nach dem Tiergarten, um jene Inschrift, die die Unbekannte in einen Baum geschnitten haben wollte, und mit ihr vielleicht näheren Aufschluß des Rätsels zu finden. Seine Ahnung hatte ihn richtig geleitet! In die Rinde des Baumes, an den sich die Bank lehnte, wo er die Brieftasche gefunden, waren jene Worte eingeschnitten, aber das besondere Spiel des Zufalls hatte es gefügt, daß gerade diejenigen Worte, welche auf dem Blättlein verlöscht, auch in dem Baum verwachsen und unleserlich geworden waren. »Wunderbare«, rief der Baron in höchster Ekstase aus,»wunderbare Sympathie der Natur!« – Er erinnerte sich aus dem Goethe jener Zwillingskommoden, die aus einem Stamme gefertigt waren und von denen die eine rettungslos zerplatzte, als die andere in einem weit davon entfernten Schlosse ein Raub der Flammen wurde!

»Unbekanntes herrliches Wesen!« rief der Baron ferner aus in höchster Ekstase,»Himmelskind aus dem fernen Götterlande, ja! – längst glühte die Sehnsucht nach dir, du einzig Geliebte, in meiner Brust! Aber ich habe mich selbst nicht verstanden, die blaue Brieftasche mit dem goldnen Schloß war erst der magische Spiegel, in dem ich mein Ich in Liebe zu dir erblickte! – Fort! – dir nach – fort nach jenem Lande, wo unter mildem Himmel die Rose blüht meiner ewigen Liebe!«

Der Baron machte sofort ernsthafte Anstalten zur Reise nach Griechenland. Er las den Sonnini, den Bartholdy, und was er sonst an Reisen nach Griechenland auftreiben konnte, bestellte sich einen bequemen Reisewagen, zog so viel von seinem Gelde ein, als er zu brauchen glaubte, begann sogar Griechisch zu lernen und ließ sich auch, da er von irgendeinem Reisenden hörte, der, um sicherer zu reisen, die Landestracht trug, von dem Theaterschneider einige saubre neugriechische Anzüge fertigen.

Man kann denken, daß er während dieser Zeit nichts im Sinne trug als die unbekannte Besitzerin der blauen Brieftasche, deren lebendiges Bild ihm bald vor Augen stand. – Sie war hoch, schlank im höchsten Ebenmaß der Glieder gewachsen, ihr Anstand ganz Anmut und Majestät – ihr Gesicht ganz das Abbild, der Ausdruck jenes unnennbaren Zaubers, der uns in den Antiken hinreißt – die schönsten Augen! – die schönsten schwarzen seidnen Haare! – Genug, ganz so, wie der begeisterte Sonnini nur die Griechinnen schildern kann. Und dabei, wie schon das Blättlein bewies, ein in Liebe glühendes Herz im Busen, ganz Hingebung – Treue für den Geliebten; konnte der Seligkeit Theodors etwas fehlen? – Ja wohl! – er wußte den Namen der Holden nicht, welches den Exklamationen merklich schadete. Doch hier halfen Wielands »Sämtliche Werke« aus. Er nannte die Geliebte bis auf weitere nähere Bestimmung

Musarion, und dies setzte ihn auch in den Stand, die gehörigen schlechten Verse auf das unbekannte Zauberbild zusammenzukneten.

Ganz besonders bemühte sich der Baron auch, die Zauberkraft des magischen Bandes zu versuchen, das unstreitig in seine Hände geraten war. Er ging in den Wald, schlang das Band um die Pulsader seines linken Arms und horchte auf den Gesang der Vögel. Er konnte aber nicht das mindeste davon verstehen. Und als endlich ein Zeisig dicht neben ihm im Busche zu zwitschern begann, klang es ihm beinahe so, als sänge der unverschämte Vogel: »Hasenfüßchen, Hasenfüßchen, geh zu Haus – zu Haus! – pfeif dich aus – pfeif dich aus!« – Der Baron sprang schnell auf und eilte, ohne weitere Versuche zu machen, von dannen.

War es ihm mit dem Verständnis des Vogelgesanges schlecht ergangen, so gelang es ihm noch schlechter mit der Unsichtbarkeit. Denn unerachtet er das magische Band um den Hals geschlungen, so bog doch der Hauptmann von R., der unter den Linden spazierte, sogleich in die Seitenallee ein, in der der Baron unsichtbar zu wandeln glaubte, und bat ihn dringend, sich doch vor seiner Abreise gütigst der funfzig Friedrichsdor zu erinnern, die er ihm noch aus dem letzten Spiel schulde.

Der Theaterschneider war mit den griechischen Kleidern fertig. Der Baron fand, daß sie ihm ganz ungemein kleideten und daß vorzüglich der Turban seinem Gesicht einen Ausdruck gab, der ihm ein freudiges Staunen abnötigte. Denn selbst hatte er bisher nicht geglaubt, daß seine Augen, seine Nase und seine übrigen angenehmen Gesichtszüge überhaupt dergleichen fähig.

Er empfand eine tiefe Verachtung gegen seinen Bachstelzenrock, gegen seine Mütze aus steifem Filz und so weiter und wäre, hätte er nicht das Aufsehen und den Spott anglomanischer Grafen und Barone gefürchtet, von Stund an nicht anders als neugriechisch gekleidet einhergegangen.

Hatte aber sein Negligé, ein seidener orientalischer Schlafrock, eine turbanähnliche Mütze und dazu eine lange türkische Pfeife im Munde, schon etwas getürkt, so war hier der Übergang zum neugriechischen Kostüm leicht und natürlich.

21

Also neugriechisch gekleidet saß der Baron mit untergeschlagenen Beinen, welches ihm eigentlich blutsauer wurde, auf dem Sofa und blies, die schönste Bernsteinspitze an den Mund gedrückt, Rauchwolken türkischen Tabaks vor sich her, als die Tür aufging und der alte Baron Achatius von F., sein Oheim, hineintrat.

Als der aber den neugriechischen Neffen erblickte, prallte er zurück, schlug die Hände zusammen und rief überlaut:»So ist's denn doch wahr, was die Leute mir sagten! – So ist doch das bißchen Verstand meines Herrn Neffen wackelicht geworden!«

Der Baron, der alle Ursache hatte, den alten steinreichen unverheirateten Oheim zu ehren, wollte schnell vom Sofa herab und ihm entgegen. Da ihm aber die Beine, der unbequemen ungewohnten Stellung halber, erstarrt, eingeschlafen, wie man zu sagen pflegt, waren, so kugelte er dem Oheim vor die Füße, verlor den Turban und die Pfeife, die ihren glühenden Inhalt ausströmte auf den reichen türkischen Teppich. Der Oheim lachte übermäßig, trat schnell die glimmenden Funken aus, half dem bestürzten Neugriechen auf den Sofa und fragte denn:»So sage mir nur, was du für Narrheiten treibst. Ist es wahr, daß du fortwillst nach Griechenland?«

Der Baron bat den Oheim um ein gütiges ruhiges Gehör, und als dieser es zugesagt, erzählte er von Anfang bis zu Ende, wie sich alles begeben mit dem Auffinden der Brieftasche im Tiergarten, mit der Aufforderung in der »Haude- und Spenerschen Zeitung«, mit dem Inhalte des Blättleins, und wie eben der Entschluß in ihm entstanden, geradezu nach Patras zu gehen, dem Herrn Andreas Condoguri die blaue Brieftasche zu übergeben und dann das Weitere zu erfahren.

»Mir ist«, erwiderte der Oheim, nachdem der Neffe geendet,»mir ist die Aufforderung in der ›Haude- und Spenerschen Zeitung‹ entgangen, indessen zweifle ich gar nicht, daß sie darin enthalten und daß sie ganz dazu geeignet ist, die Phantasie des Finders der Brieftasche, ist er zumal jung und phantastisch, wie du es bist, gar sehr aufzuregen. Ebenso stelle ich gar nicht in Abrede, daß du nach allem, was du mir erzähltest, Grund hast zu glauben, in dem Blättlein sei von dir die Rede. – Ich würde übrigens die Person, die das schrieb, was du mir vorlasest, für wahnsinnig halten, wäre sie nicht offenbar eine Griechin. Hast du aber dir gehörige Notiz von Neugriechenland verschafft, so wirst du wissen, daß die Bewohner an allerlei Magie und Zaubereien steif und fest glauben und von den tollsten Einbildungen geplagt sind, wie du manchmal -«

»Neuer Beweis für meine Überzeugung«, murmelte der Baron dazwischen.

»Ich weiß«, fuhr der Oheim fort, »ich weiß auch recht gut, was es mit dem heimlichen Wasser für eine Bewandtnis hat, das die Mädchen in der Johannisnacht schweigend holen, um zu erfahren, ob sie den geträumten Geliebten haben werden, und eben deshalb kommt mir im allgemeinen alles nicht so gar sonderbar vor, und nur in Beziehung auf dich erscheint mir manches sehr zweideutig. Es ist nämlich sehr die Frage, ob du, mag es auch den Anschein haben, der gemeinte Theodor bist, ja, ob der, der die Aufforderung einrücken ließ, sich nicht in der Person des Finders irrte. – Genug! da die Sache durchaus problematisch, so würde es ein sehr übereilter Streich sein, deshalb eine weite gefährliche Reise zu unternehmen. Daß du Aufklärung wünschest und wünschen mußt, ist billig und natürlich, warte daher den vierundzwanzigsten Julius des künftigen Jahres ab und begib dich dann in ›Die Sonne‹ zur Madame Obermann, wo dich ja auch die Aufforderung hinbescheidet, um das Nähere zu erfahren.«

»Nein«, rief der Baron, indem seine Augen blitzten, »nein, mein geliebter Oheim! nicht in der ›Sonne‹, nein, in Patras geht das Glück meines Lebens auf, nur in Griechenland reicht das holde Engelsbild, die edle Jungfrau, mir Glücklichen, der so wie sie aus griechischem fürstlichem Stamm entsprossen, die Hand!«

»Was«, schrie der Alte ganz außer sich, »bist du ganz und gar von Sinnen? bist du rasend? du aus griechischem fürstlichem Stamm entsprossen? – Narr in Folio, war deine Mutter nicht meine Schwester? – War ich nicht zugegen bei ihrer Entbindung? – Hab ich dich nicht aus der Taufe gehoben? – Kenn ich nicht unsern Stammbaum? ist er nicht klar und deutlich seit Jahrhunderten?«

»Sie vergessen«, sprach der Baron, indem er so mild und anmutig lächelte, wie nur irgendein griechischer Prinz zu lächeln vermag, »Sie vergessen, teuerster Oheim, daß mein Großvater, der die merkwürdigsten Reisen unternahm, eine Frau von der Insel Zypern mitbrachte, die von ganz ausnehmender Schönheit gewesen sein soll und deren Bildnis noch auf unserm Stammschlosse befindlich.«

»Nun ja«, erwiderte der Oheim, »man mag wohl es meinem Vater verzeihen, daß er als ein junger rascher, feuriger Mann sich in ein schönes griechisches Mädchen verliebte und die Torheit beging, sie, unerachtet sie nur gemeinen Standes und, wir mir oft erzählt worden, Blumen und Früchte feilhielt, zu heiraten. Doch sie starb sehr bald kinderlos.«

»Nein, nein«, rief Theodor heftig, »eine Prinzessin war dies Blumenmädchen und meine Mutter die Frucht der glücklichsten Ehe, die, ach! nur zu kurz dauerte.«

Der Oheim prallte erschrocken zwei Schritte zurück. »Theodor«, begann er dann, »Theodor! sprichst du im Traum, im Fieber, im Wahnsinn? – Beinahe zwei Jahr war die Griechin tot, als dein Großvater meine Mutter heiratete, vier Jahre war ich alt, als meine Schwester geboren wurde. Wie um tausend Himmels willen kann denn deine Mutter die Tochter jener Griechin sein?«

»Gestehen«, fuhr Theodor ganz ruhig und gelassen fort, »gestehen will ich, daß, betrachtet man die Sache aus dem gewöhnlichen Gesichtspunkt, die höchste Unwahrscheinlichkeit gegen meine Behauptung spricht. Aber das schöne unerforschliche Geheimnis, die sublime Mystik des Lebens tritt uns ja überall in den Weg, und das Unwahrscheinlichste ist oft das eigentliche Wahre. Sie glauben, bester Oheim, daß Sie vier Jahre alt waren, als meine Mutter geboren wurde, aber kann das nicht auf seltsamer Täuschung beruhen? – Doch ohne mich weiter auf die mysteriösen Kombinationen einzulassen, die unser Leben oft hineinziehen in ein Zauberreich, setze ich Ihnen, bester Oheim, ein Zeugnis entgegen, das alles, was Sie gegen mich aufbringen können, mit einem Schlage vernichtet! – Das Zeugnis meiner Mutter! – Sie staunen? – Sie blicken mich an, Zweifel im Auge? – Vernehmen Sie dann! – Meine Mutter, so erzählte sie mir, mochte ungefähr sieben Jahre alt sein, als sie sich, da schon die Abenddämmerung eingebrochen, in dem Saale befand, wo das lebensgroße Bild der Griechin hing, zu dem sie sich mit unsichtbarer Gewalt hingezogen fühlte. Als sie es aber innig liebend betrachtete, belebten sich die schönen Züge des hohen Antlitzes immer mehr und mehr, bis endlich die herrliche fürstliche Frau, die teuerste aller Großmütter, aus dem Bilde heraustrat und meine Mutter als ihr einziges liebes Kind begrüßte. Seit dieser Zeit wurde meine Mutter von dem teuern Bilde gehegt und gepflegt auf das zärtlichste, ja das Bild besorgte ihre ganze höhere Erziehung. Unter andern unterrichtete das Bild meine Mutter auch in der neugriechischen Sprache, und meine Mutter mochte, da sie noch Kind, keine andere reden. Da aber aus sonderbaren nichtigen Gründen die Mutterschaft des Bildes ein Geheimnis bleiben sollte, geschah es, daß alle Leute das Neugriechische, das meine Mutter sprach, für Französisch, ja selbst das Bild, erschien es manchmal plötzlich beim Kaffee, für eine französische Gouvernante halten mußten. Als meine Mutter heiratete, zog sich das Bild zurück in den Rahmen und verließ ihn nicht wieder, bis meine Mutter sich befand in guter Hoffnung. Da entdeckte das teure hohe Bild meiner Mutter die fürstliche Abkunft, und daß der Sohn, von dem sie genesen würde, bestimmt sei, im schönen Griechenland Rechte geltend zu machen, die verloren schienen. Eine anmutige Gunst des Schicksals oder, nach gemeinem Sprachgebrauch, der Zufall werde ihn dort hinleiten. Dann ermahnte das Bild meine Mutter, bei meiner Geburt ja keins der heiligen Mittel, wie sie im Vaterlande gebräuchlich, zu verabsäumen, um mich für jeden Schaden zu bewahren. Daher wurde ich, sowie ich geboren, von Kopf bis zu den Füßen mit Salz überschüttet, daher lag auf beiden Seiten meiner Wiege ein Stück Brot und ein hölzerner Stößel, daher wurde in dem Zimmer, wo ich mich befand, eine gute Partie Knoblauch aufgehängt, daher trug ich ein kleines Säckchen um den Hals, worin drei Stückchen Kohle und drei Salzkörner befindlich. – Sie wissen, bester Oheim, aus dem Sonnini, daß diese vortrefflichen Gebräuche auf den Inseln im Archipelagus stattfinden. – Oh, es war ein hehrer heiliger Moment, als meine Mutter mir das alles entdeckte. – Zum erstenmal in ihrem Leben war sie über mich in lebhaften Zorn geraten. – Es hatte sich nämlich eine Wiesel in unser Zimmer eingefunden, die ich zu verfolgen im Begriff stand, als meine Mutter hinzukam und mich auf das heftigste ausschalt. Dann lockte sie das Tierchen, das sich unter den Schrank geflüchtet hatte, hervor und sprach zu ihm also: ›Beste Dame, sein Sie uns auf das schönste willkommen! – Niemand soll Ihnen Leid zufügen, Sie sind hier zu Hause, alles steht zu Ihren Diensten!‹ – Meiner Mutter Worte kamen mir so spaßhaft vor, daß ich überlaut lachte, das Tier entfloh, aber in demselben Augenblick gab mir die Mutter eine tüchtige Ohrfeige, daß mir der Kopf summte. Ich erhob ein Gebrüll, dessen ich mich noch schäme, doch die gute Mutter wurde davon tief gerührt, schloß mich unter tausend Tränen in ihre Arme und entdeckte mir, daß sie neugriechischer Abkunft sei, rücksichts der Wiesel also nicht anders handeln könne. Dann erfuhr ich die Geschichte vom Bilde. – Sie sind, bester Oheim, gewiß ebensosehr überzeugt als ich, daß das Auffinden der blauen Brieftasche eben der günstige anmutige Zufall ist, den das Bild, die teure Großmutter, geweissagt. Nicht wie ein unbesonnener phantastischer Jüngling, sondern als ein Mann von Mut und Konsequenz handle ich daher, wenn ich mich stracks in den Wagen setze und in einem Strich fortreise bis nach Patras zum Herrn Andreas Condoguri, der mich, als ein artiger Mann, gewiß weiter bescheiden wird. Das sehen Sie gewiß ein, bester Oheim, und trauen mir auch zu, daß ich das hohe, das höchste Glück meines Lebens zu erringen imstande sein werde.«

Der Oheim hatte den Neffen ruhig angehört, jetzt brach er los: »Gott tröste dich, Theodor, aber du bist ein großer Narr. – Deine Mutter, sanft ruhe ihre Asche! war ein wenig phantastisch, und dein

Vater hat es mir oft geklagt, daß sie mit dir, als du geboren, allerlei Seltsames vornehmen lassen, das ist wahr. Aber was du da vorbringst von griechischen Prinzessinnen, lebendigen Bildern, eingesalzenen Kindern und Wieseln, das hast du, nimm mir's nicht übel, ausgebrütet in deinem Gehirn, dem wahren Orbis pictus aller Tollheiten und Narrereien! – Nun! – ich will dir und deinem konsequenten Beginnen gar nicht in den Weg treten, fahre ab nach Patras und grüße den Herrn Condoguri. Vielleicht ist dir die Reise recht gesund, vielleicht kommst du, schlagen dich nicht etwa die Türken tot, vernünftig wieder? Vergiß nicht, wenn du auf die Insel kommst, wo der gute Niesewurz wächst, davon tüchtigen und fleißigen Gebrauch zu machen. – Glückliche Reise!«

Damit verließ der prosaische Oheim den exaltierten Neffen.

Als nun der Tag der Abreise sich immer mehr nahte, überfiel den Baron doch ein gewisses Bangen, da jeder von den Gefahren sprach, in die er bei dieser Reise wohl geraten könne.

In einem Anfall von Schwermut, der Folge seines Bangens, setzte er seinen letzten Willen auf, in dem er seine sämtlichen geschriebenen und gedruckten Gedichte der Besitzerin der blauen Brieftasche, seine neugriechischen Kleider aber der Theatergarderobe vermachte. Dann beschloß er außer seinem Jäger und einem jungen Italiener, der einige neugriechische Wörter aufgeschnappt und der ihm zum Dolmetscher dienen sollte, noch einen tüchtigen Märker mit einem Rücken von ungefähr fünftehalb Fuß im Durchmesser mitzunehmen, weshalb der Kutschenbock beträchtlich erweitert werden mußte.

Drei Tage brachte der Baron hin, die nötigen Abschiedsbesuche zu machen. – Eine Reise nach dem romantischen Griechenland – ein geheimnisvolles Abenteuer – ein Abschied auf vielleicht nie Wiedersehen – war das nicht genug, die zartesten Fräuleins in Ekstase zu setzen? – stahlen sich nicht Seufzer aus der Brust der Schönsten, wenn der Baron die schönen Bildchen der holden Insulanerinnen hervorzog, die er bei Gaspare Weiß gekauft, um interessanter von dem Griechenland sprechen zu können, das er nun schauen würde? – Konnte eine einzige das: »Adieu, mon cher Baron!«, herausbringen ohne merkliches Schluchzen? – Schüttelten die ernsthaftesten sowie die leichtsinnigsten Männer dem Baron nicht wehmütig die

Hand und sprachen: »Möge ich Sie gesund, froh und glücklich wiedersehen, bester Baron! – Sie machen eine schöne Reise!«

Überall fiel der Abschied rührend und herzerhebend aus. – Viele zweifelten in der Tat, den jungen Abenteurer jemals wiederzusehen, und Trübsinn verbreitete sich in den Zirkeln, deren Zierde er gewesen! – Der Wagen stand hochbepackt vor der Türe. Der Baron, unter dem Reisemantel neugriechisch gekleidet, setzte sich ein, der Jäger und der breite Märker, mit Büchsen, Pistolen und Säbeln bewaffnet, bestiegen den Bock, der Postillon stieß lustig ins Horn, und fort ging's im vollen Trabe durch das Leipziger Tor nach Patras!

In Zehlendorf steckte der Baron den Kopf zum Fenster heraus und rief in barschem Ton, man solle nicht lange trödeln beim Umspannen, er sei in größter Eil. Da fiel ihm der junge Professor ins Auge, den er erst vor wenigen Tagen kennengelernt und der den größten Enthusiasmus für die Reise nach Griechenland bewiesen.

Der Professor kam eben von Potsdam zurück, sowie er den Baron gewahrte, sprang er an den Wagen und rief: »Glückseligster aller Barone, ich merk es, fort geht's nach Griechenland, aber gönnen Sie mir einige Augenblicke, um Ihnen noch einige wichtige Notizen, wie ich sie aus der Bartholdyschen Reise entnommen, aufzuschreiben zu weiterer Nachforschung. Auch füge ich noch manches hinzu zu gütiger Erinnerung, zum Beispiel wegen der türkischen Pantoffeln.« – »Den Bartholdy«, fiel der Baron dem Professor in die Rede, »habe ich selber im Wagen, und was die versprochenen Pantoffeln betrifft, so erhalten Sie die schönsten, die es gibt, und sollte ich sie diesem oder jenem Pascha von den Füßen ziehen. Denn, o Professor, Sie haben mich bestärkt in meinem Glauben, in meiner Überzeugung, und fleißig werd ich auf klassischem Boden in den Taschen-Homer kucken, der mir ein teures wertes Geschenk ist. Zwar verstehe ich kein Griechisch, aber das findet sich, denk ich, von selbst, wenn ich erst im Lande bin. – Man sagt ja so im Sprichwort: ›Das gibt sich wie das Griechische.‹ – Doch, schreiben Sie, Bester, schreiben Sie, denn noch läßt sich kein Pferdekopf blicken.«

Der Professor zog eine Schreibtafel hervor und begann die Notizen, wie sie ihm eben zu Sinn kamen, aufzuschreiben. Währenddessen öffnete der Baron die Mappe, um nachzusehen, ob auch seine Briefschaften in gehöriger Ordnung. Da fiel ihm jenes Haude- und

Spenersche Zeitungsblatt in die Hände, das er auf dem Kasino fand und das der Anlaß seines ganzen Beginnens, seiner weiten gefahrvollen Reise.

»Verhängnisvolles Blatt«, sprach er mit Pathos, »verhängnisvolles, jedoch teures liebes Blatt, du erschlossest mir das schönste Geheimnis meines Lebens! – Dir danke ich all mein Hoffen – Sehnen – mein ganzes Glück! – Anspruchslos – grau – löschpapieren – ja, ein wenig schmutzig, wie du dich gestaltest, trägst du doch den Edelstein in dir, der mich so reich machte! – O Blatt, wie bist du doch ein Schatz, den ich ewig bewahren werde, o Blatt der Blätter!«

»Welches Blatt«, unterbrach der Professor den Baron, indem er ihm die fertigen Notizen hinreichte, »welches Blatt setzt Sie in solche Ekstase, bester Baron?«

Der Baron erwiderte, daß es jenes verhängnisvolle Haude- und Spenersche Zeitungsblatt sei, in dem die Aufforderung an den Finder der blauen Brieftasche stehe, und reichte es dem Professor hin. Der Professor nahm es, warf einen Blick darauf – fuhr zurück, wie plötzlich erstaunend – sah schärfer hinein, als wenn er seinen Augen nicht trauen wollte – rief dann mit starker Stimme: »Baron! – Baron! – bester Baron! – Sie wollen nach Griechenland? nach Patras – zum Herrn Condoguri? – O Baron! – bester Baron!« -

Der Baron sah hinein in das Blatt, das der Professor ihm dicht vor die Augen hielt, und sank dann wie vernichtet zurück in den Wagen.

In dem Augenblick kamen die Pferde, der Wagenmeister trat höflich an den Schlag und entschuldigte, daß die Pferde etwas länger ausgeblieben als recht, doch solle nun der Herr Baron in längstens anderthalb Stündchen in Potsdam sein.

Da schrie der Baron mit entsetzlicher Stimme: »Fort! – zurück nach Berlin – zurück nach Berlin!« – Der Jäger und der Märker sahen sich erschrocken um, der Postillon sperrte das Maul auf. Aber immer heftiger schrie der Baron: »Nach Berlin – hast du Ohren, Schurke! – einen Dukaten Trinkgeld, Bestie, einen Dukaten – aber fahre – fahre wie der Sturmwind – galoppiere, Kanaille – galoppiere, Unglückskind – einen Dukaten bekömmst du.«

Der Postillon lenkte um und jagte im brausenden Galopp fort nach Berlin!

Der Baron hatte nämlich, als ihm das Haude- und Spenersche Zeitungsblatt in die Hände fiel, eine Kleinigkeit übersehen, das heißt die Jahreszahl. – Ein Stück der vorjährigen Zeitung, ein Makulaturblatt, worin vielleicht etwas eingeschlagen, oder das sonst ein Zufall auf einen Tisch ins Kasino gebracht, hatte er gelesen, und so war eben heute, am vierundzwanzigsten Julius, als der Baron nach Patras abreisen wollte, das Jahr verflossen, das in jener Aufforderung zur Frist bestimmt, nach Griechenland zu reisen oder bei der Madame Obermann in der »Sonne« sich einzufinden und die Entwickelung des Abenteuers abzuwarten.

Was konnte der Baron nun wohl anders tun, als so schnell als möglich nach Berlin zurück- und einkehren in der »Sonne«, welches er denn auch wirklich tat.

# Traum und Wahrheit

»Welch ein Verhängnis«, sprach der Baron, als er sich in der »Sonne«, und zwar in Nr. 14, auf dem Sofa lang ausstreckte, »welch ein geheimnisvolles Verhängnis treibt sein Spiel mit mir? – War das Patras, wo ich mich befand? – War das Herr Andreas Condoguri, der mir den weitern Weg wies? – Nein! – *Zehlendorf* war das Ziel meiner Reise – es war der Wagenmeister, der mich hieher wies, und auch der Professor konnte nur der tote Hebel sein, der unbekannte Kräfte in Bewegung setzte!«

Der Jäger trat hinein und berichtete, daß selbigen Tages durchaus weiter keine fremde Herrschaft eingetroffen sei. Das schlug den Baron, dem die Entwickelung des Abenteuers, der Aufgang des Geheimnisses die Brust spannte, nicht wenig nieder. Er bedachte indessen, daß der Tag ja bis nach Mitternacht fortdauere und man erst, nachdem es zwölf geschlagen, mit gutem Gewissen schreiben könne: am fünfundzwanzigsten Julius, ja daß strenge Leute dies erst nach dem Schlage *eins* täten, und dies gab ihm Trost.

Er beschloß, mit erzwungener Ruhe auf dem Zimmer bleibend, abzuwarten, was sich ereignen werde, und sah es, unerachtet er an nichts denken wollte als an das schöne Geheimnis, an das holde Zauberbild, das ja sein ganzes Innres erfüllen mußte, doch nicht ungern, als auf den Punkt zehn Uhr der Kellner erschien und einen kleinen Tisch deckte, auf dem bald ein feines Ragout dampfte. Der Baron fand es nötig und seiner innern Stimmung gemäß, ätherisches Getränk zu genießen, und befahl Champagner. – Als er den letzten Bissen eines gebratenen Huhns verzehrt, rief er aus: »Was ist irdisches Bedürfnis, wenn der Geist das Göttliche ahnet!«

Damit setzte er sich, Beine untergeschlagen, auf das Sofa, nahm die Chitarre zur Hand und begann neugriechische Romanzen zu singen, deren Worte er mit Mühe aussprechen gelernt und die nach den selbst komponierten Melodien abscheulich genug klangen, um für etwas sehr Absonderliches und Charakteristisches zu gelten, und weshalb er sie auch den Fräuleins A. bis Z. niemals vorgesungen, ohne das tiefste Erstaunen, ja einiges angenehme Entsetzen zu erregen. – Der Begeisterung halber ließ der Baron, nachdem er eine Flasche Champagner geleert, noch eine zweite kommen. Plötzlich war es dem Baron, als machten sich die Akkorde, die er anschlug, ganz los von dem Instrument und schwammen, voller und herrlicher tönend, frei in den Lüften. Dazu sang eine Stimme in seltsamen unbekannten Weisen, und der Baron vermeinte, sein Geist sei es, der entfesselt sich erhebe im himmlischen Melos. Bald wurde ein geheimnisvolles Flüstern vernehmbar. – Es rauschte an der Türe, sie sprang auf, hinein trat eine hohe herrliche Frauengestalt, in dichte Schleier gehüllt. – »Sie ist es – sie ist es«, rief der Baron im Übermaß des Entzückens, stürzte nieder auf die Knie und reichte der Gestalt die blaue Brieftasche dar. Da schlug die Frau die dichten Schleier zurück, und, durchbebt von aller Lust des Himmels, konnte Theodor kaum den Glanz überirdischer Schönheit ertragen! Die holde Jungfrau nahm die Brieftasche und musterte sorglich den Inhalt. Dann beugte sie sich herab zu Theodor, der noch immer anbetend auf den Knien lag, hob ihn auf und sprach mit dem süßesten Wohllaut: »Ja, du bist es, du mein Theodor! – ich habe dich gefunden!« – »Ja, er ist es, Signor Theodoro, den du fandest!« So sprach eine tiefe Stimme, und der Baron merkte nun erst eine kleine, sehr seltsame Gestalt, die hinter der Jungfrau stand, in einen roten Talar gehüllt und eine feurig glänzende Krone auf dem Haupte. – Des Kleinen Worte wurden, sowie sie ausgesprochen, zu Bleikugeln, die an Theodors Gehirn anprallten, und so konnt es nicht fehlen, daß dieser etwas erschrocken zurückwich.

»Erschrick nicht«, sprach die Jungfrau, »erschrick nicht, Hochgeborner! der Kleine dort ist mein Oheim, der König von Candia, er tut niemanden etwas zuleide. Hörst du denn nicht, Bester, daß die Steinamsel singt, und kann dann Böses geschehen?«

Erst jetzt war es dem Baron möglich, Worte herauszupressen aus der beengten Brust. »So ist es denn wahr«, sprach er, »was mir Träume, was mir süße Ahnungen sagten? – so bist du denn mein, du der Frauen herrlichste und hehrste? – doch erschließe mir das herrliche Geheimnis deines – meines Lebens!«

»Nur«, erwiderte die Jungfrau, »nur dem Geweihten erschließt sich mein Geheimnis, nur der heilige Schwur gibt die Weihe! – Schwöre, daß du mich liebst!«

Von neuem stürzte der Baron nieder auf die Knie und sprach: »Ich schwöre bei dem heiligen Mond, der herabschimmert auf

Paphos' Fluren!« – »O schwöre«, fiel die Jungfrau ihm mit Julias Worten in die Rede, »o schwöre nicht beim Mond, dem Wandelbaren, der immerfort die Scheibe wechselt, damit nicht wandelbar dein Lieben sei! – Doch du gedachtest, süßer Romeo, der heiligen Stätte, wo die schauerliche Stimme des Orakels forttönt aus alter grauer Zeit und der Menschen düsteres verschleiertes Schicksal enthüllt! – Der Oberkonsistorialrat wird uns den Eintritt in den Tempel nicht verwehren! – Eine andere Weihe soll dich fähig machen, mit mir hinzueilen und den König von Candia abzufertigen mit schnöder Rede, sollt es ihm einfallen, grob gegen dich zu sein, wie es ihm manchmal zu Sinne kommt.« Zum zweitenmal richtete die Jungfrau den Baron in die Höhe, nahm aus der blauen Brieftasche das Messerchen, entblößte dem Baron den linken Arm und öffnete ihm, ehe er sich's versah, eine Ader. Das Blut spritzte empor, und der Baron fühlte den Schwindel der Ohnmacht. – Doch alsbald schlang die Jungfrau das magische Band um den Arm des Barons und zugleich um den ihrigen. Da stieg ein bläulicher Duft aus der Brieftasche, verbreitete sich im Zimmer, stieg durch die Decke, welche verschwand. Die Mauern schoben sich fort, der Fußboden versank, der Baron schwebte, von der Jungfrau umschlungen, im weiten lichten Himmelsraume. »Halt«, kreischte der König von Candia, indem er den Baron beim Arm festpackte, »halt, das leid ich nicht, ich muß auch dabeisein!« Doch der Baron fuhr ihn an, sich mit Gewalt losmachend: »Sie sind ein naseweiser Patron und kein König, denn ich müßte weniger Statistiker sein, als ich es wirklich bin, um nicht zu wissen, daß es gar keinen König von Candia gibt. Sie stehen ja in keinem Staatskalender und könnten, wär es der Fall, höchstens als Druckfehler passieren! – Fort, sag ich, scheren Sie sich fort hier aus der Luft!« – Der Kleine fing an auf sehr unangenehme Weise zu grunzen, da berührte die Jungfrau sein Haupt, er kroch zusammen und schlüpfte in die Brieftasche, die die Jungfrau an einer goldenen Kette um den Hals gehängt, wie ein Amulett.

»O Baron«, sprach die Jungfrau, »du hast Mut, und nicht fremd blieb dir die göttliche Grobheit! – doch sieh, schon naht sich das Geschwader aus Paphos!«

Der Blumenthron aus »Armida« ließ sich herab aus der Höhe, von hundert Genien umgeben. Der Baron stieg hinein mit der Jungfrau, und nun ging's fort sausend und brausend durch die Lüfte. »O

Gott«, rief der Baron, als er immer schwindlichter und schwindlichter wurde,»o Gott, hätte ich doch nur nach dem anmutigen Beispiel geschätzter gräflicher Freunde eine einzige Luftfahrt mit Herrn oder Madame Reichardt gemacht, so wär ich ein Baron von Erfahrung und verstände mich auf solche Luftsegelei – aber nun – Was hilft es mir, daß ich auf Rosen sitze neben dem himmlischen Zauberbilde, bei dem verfluchten Schwindel, der mir das Innerste umdreht.«

In dem Augenblick schlüpfte der König von Candia aus der Brieftasche und hing sich, indem er wieder schrecklich pfiff und grunzte, an die Füße des Barons, so daß dieser, vom Throne hinabrutschend und nur mit Mühe immer wieder hinaufrutschend, sich kaum oben erhalten konnte. Immer schwerer und schwerer wurde der fatale candiasche König, bis er den armen Baron ganz hinabzog. – Die Rosenkette, an der er sich festhalten wollte, zerriß, er stürzte mit einem Schrei des Entsetzens hinunter und – erwachte! – Die Morgensonne schien hell ins Zimmer! – Der Baron konnte kaum zu sich selbst kommen, er rieb sich die Augen, er fühlte einen lebhaften Schmerz in den Beinen und im Rücken. – »Wo bin ich!« rief er, »welche Töne!« – Das Pfeifen, Brummen und Grunzen des Königs von Candia dauerte fort. Endlich raffte sich der Baron auf vom Fußboden, wo er neben dem Sofa gelegen, und entdeckte bald die Ursache des seltsamen Tönens. Im Lehnstuhl lag nämlich der Italiener und schnarchte fürchterlich. Die Chitarre, die neben ihm auf der Erde lag, schien seinen Händen entsunken. – »Luigi – Luigi, erwachen Sie!« rief der Baron, indem er den Italiener rüttelte. Der konnte sich aber schwer von völliger Schlaftrunkenheit erholen. Endlich erzählte er auf dringendes Befragen, daß der Herr Baron – mit gütiger Erlaubnis – gestern abend, vermutlich wegen großer Müdigkeit von der Reise, nicht recht bei Stimme gewesen und, wie es manchmal dem besten Sänger geschehe, wirklich etwas gräßliche Töne von sich gegeben hätte. Dadurch wäre er veranlaßt worden, dem Herrn Baron leise – leise die Chitarre aus der Hand zu nehmen und ihnen hübsche italienische Kanzonetten vorzusingen, worüber der Herr Baron in der etwas unbequemen orientalischen Stellung mit untergeschlagenen Beinen fest eingeschlafen. Er – sonst eben kein Liebhaber von Wein, habe sich die Erlaubnis genommen, den kleinen Rest des Champagners auszutrinken, den der Herr Baron übriggelassen, und sei dann ebenfalls in tiefen Schlaf gesunken. In der

Nacht sei es ihm gewesen, als höre er dumpfe Stimmen, ja als würde er gerüttelt mit Gewalt. Zwar sei er halb und halb erwacht, und es habe ihm geschienen, als erblicke er fremde Personen im Zimmer und höre ein Frauenzimmer Griechisch sprechen, aber, wie verhext, habe er die Augen nicht offenbehalten können und sei ganz betäubt wieder eingeschlafen, bis der Herr Baron ihn jetzt erst aufgeweckt.

»Was ist das«, rief der Baron, »war es Traum, war es Wahrheit? – Befand ich mich wirklich mit ihr, mit dem Leben meiner Seele auf der Reise nach Paphos und riß mich eine dämonische Gewalt herab? – Ha! – soll ich untergehen in diesen Geheimnissen? Hat mich eine grausame Sphinx erfaßt und will mich hinunterschleudern in den bodenlosen Abgrund? – Bin ich -«

Der Jäger, der mit dem Portier des Hauses eintrat, unterbrach den Monolog des Barons. Beide erzählten ein seltsames Ereignis, das sich in der Nacht begeben.

Auf den Schlag zwölf Uhr (so sagten sie) sei ein schöner, schwerbepackter Reisewagen vorgefahren und eine große verschleierte Dame ausgestiegen, die in gebrochenem Deutsch sich sehr eifrig erkundigt, ob nicht den Tag ein fremder Herr angekommen. Er, der Portier, der damals noch nicht den Namen des Herrn Barons gewußt, habe nichts anders sagen können, als daß allerdings ein junger hübscher Herr eingekehrt sei, den er seiner Kleidung nach für einen reisenden Armenier oder Griechen von Stande halten müsse. Da habe die Dame sehr vergnügt getan, ja wie außer sich mehrmals hintereinander gerufen: »Eccolo – eccolo – eccolo!« welches nach dem bißchen Italienisch, das er verstehe, soviel hieße als: »Da ist er – da ist er!« – Die Dame habe dringend verlangt, sogleich in das Zimmer des Herrn Barons geführt zu werden, und behauptet, daß der eingekehrte Herr ihr Gemahl sei, den sie schon seit einem Jahr suche. Eben deshalb habe er aber große Bedenken getragen, ihrem Verlangen nachzugeben, da man doch nicht wissen könne – Genug, er habe den Jäger geweckt, und erst als dieser den Herrn Baron namentlich genannt und auf sein heiliges Wort versichert, daß Hochdieselben unverheiratet, wären sie getrost hinaufgestiegen nach dem Zimmer des Herrn Barons, das sie unverriegelt gefunden. Der Dame auf dem Fuße sei etwas gefolgt, woraus sie nicht recht klug werden können, da es aber aufrecht auf zwei Beinen gegangen, so habe es ihnen beinahe scheinen wollen, als sei es ein kleiner kurioser Mann. Die Dame sei auf den Herrn Baron, der, auf dem Sofa sitzend, fest eingeschlafen, zugeschritten, habe sich über ihn hingebeugt, ihm ins Gesicht geleuchtet, dann sei sie aber wie im jähen Schreck zurückgefahren und habe mit einem Ton, der ihnen recht ins Herz geschnitten, mehrere unverständliche Worte gesprochen, wozu das, was ihr nachgefolgt, recht hämisch gelacht. Nun habe sie den Schleier zurückgeworfen, ihn, den Portier, mit zornfunkelnden Augen angeblickt und etwas gesagt, was dem Herrn Baron wiederzusagen ihm die Ehrfurcht gebiete.

»Heraus damit«, sprach der Baron, »ich will, ich muß alles wissen!«

Wenn der Herr Baron, erzählte der Portier weiter, es nicht ungnädig aufnehmen wollten, so habe ihn die fremde Dame mit den Worten angefahren: »Unglücksvogel, es ist nicht mein Gemahl, es ist der schwarze Hasenfuß aus dem Tiergarten!« – Herrn Luigi, der sehr geschnarcht, hätten sie indessen aus dem Schlafe aufrütteln wollen, um mit der Dame zu reden, er sei aber durchaus nicht zu erwecken gewesen. – Die Dame habe nun fort wollen, in dem Augenblick aber eine kleine blaue Brieftasche gewahrt, die auf dem Tische gelegen. Diese Brieftasche habe die Dame mit Heftigkeit ergriffen, sie dem Herrn Baron in die Hand gegeben und sei hingekniet neben dem Sofa. Sehr seltsam sei es nun anzusehen gewesen, wie der Herr Baron im Schlafe gelächelt und die Brieftasche der Dame dargereicht, die sie schnell in den Busen gesteckt. Nun habe die Dame das Ding, was ihr gefolgt, auf den Arm genommen, sei mit unglaublicher Schnelligkeit die Treppe hinab in den Wagen geeilt und davongefahren. – Der Portier setzte insbesondere hinzu, daß die Dame ihn zwar dadurch tief gekränkt, daß sie ihn, der seit dreißig Jahren sein Bandelier und seinen Degen mit Ruhm und Ehre getragen, einen Vogel geheißen, indessen wolle er gern noch viel mehr als das ertragen, wenn es ihm vergönnt sein könne, die Dame nur noch ein einziges Mal zu schauen, denn eine ausnehmendere Schönheit habe er in seinem ganzen Leben nicht geschaut.

Dem Baron zerriß die ganze Erzählung das Herz. Es war gar nicht daran zu zweifeln, daß die fremde Dame die Griechin, die Besitzerin der blauen Brieftasche, daß der kleine unförmige Mann der

Magus gewesen, von dem in dem Blättlein der Unbekannten die Rede. – Und den wichtigsten Moment seines Lebens hatte er verschlafen! – Das bitterste Gefühl erweckte ihm aber der schwarze Hasenfuß aus dem Tiergarten, den er nicht wohl auf jemanden anders als auf sich selbst beziehen konnte und der alles Günstige und Glückliche, das er aus dem Blättlein rücksichts seines Ichs herausbuchstabierte, zu vernichten schien. Nächstdem war ihm die Art, wie er um das teure Besitztum der Brieftasche nebst ihrem geheimnisvollen Inhalt gekommen, nur zu empfindlich.

»Unglücklicher«, fuhr er den Jäger an, »Unglücklicher, sie war es, sie war es selbst, und du wecktest mich nicht – sie! – mein Abgott! – mein Leben! – sie, der ich nachreisen wollte nach dem fernen Griechenland!« Der Jäger erwiderte mit pfiffiger Miene, daß, wenn sie, die Dame, auch die rechte gewesen, es ihm doch geschienen, als sei der Herr Baron nicht der rechte gewesen, und da habe es des Aufweckens wohl nicht erst bedurft!

Gar peinlich war es für den Baron, täglich, ja stündlich mit kaum unterdrücktem Lachen gefragt zu werden, wie er so schnell habe aus Griechenland zurückkehren können? – Er schützte, da er, rückte er mit der Wahrheit heraus, sich offenbar noch größerem Gelächter preisgegeben, Krankheit vor und wurde aus Ärger und Sehnsucht wirklich so krank, daß sein Arzt nur in dem Gebrauch des stärksten, oft fürchterlich wirkenden Mineralbades, dessen Kraft die stärksten Naturen niederwirft, Rettung für sein Leben fand. – Er mußte nach Freienwalde reisen!

# Der Zauber der Musik

Eigentlich wollte der Baron von Freienwalde sogleich nach Mecklenburg gehen zu seinem alten Oheim, indessen fühlte er doch, als das Mineralwasser seine Wirkung getan, eine unüberwindliche Sehnsucht nach der Residenz und langte in den letzten Tagen des Septembers glücklich wieder in Berlin an. – Da er nun wirklich eine Reise gemacht, zwar nicht nach Patras, aber doch nach Freienwalde, so konnte er schon mit mehrerer Festigkeit auftreten und den hämischen Lachern dreist ins Gesicht blicken. Kam noch hinzu, daß er von der Reise nach Griechenland, die er hatte unternehmen *wollen*, allerliebst und sogar tiefsinnig und gelehrt zu sprechen wußte, so konnt es gar nicht fehlen, daß er, seine ganze Liebenswürdigkeit wiedergewinnend, jeden Spott niederschlug und der Abgott mehrerer Fräuleins wurde, wie er es sonst gewesen.

Eines Tages, als schon die Sonne zu sinken begann, war er im Begriff hinauszugehen in den Tiergarten, als auf dem Pariser Platz, dicht vor dem Brandenburger Tor ihm ein Paar ins Auge fiel, das ihn festwurzelte an den Boden. – Ein sehr kleiner verwachsener, krummbeinichter alter Mann, auf groteske Weise altmodisch gekleidet, mit einem großen Blumenstrauß vor der Brust, ein sehr hohes spanisches Rohr in der Hand, führte eine fremdartig gekleidete

verschleierte
Dame von edlem
Wuchs und majestäti-
scher Haltung. Das
Selt- samste war
wohl gewiß der
Haar- zopf des Alten,
der un- ter dem kleinen
Hut sich hervorschlän-
gelte bis auf die Erde.
Zwei muntre Gas-
senbüb- lein von der
ange- nehmen Rasse,
die im Tiergarten
Glimm- stengel avec du
feu aus- zubieten pflegt,

mühten sich, dem Alten auf den Zopf zu treten, das war aber unmöglich, denn in aalartigen Krümmungen und Windungen entschlüpfte er ihren Fußtritten. Der Alte schien nichts davon zu bemerken. – Gut ist es, daß Herr Wolf gerade vorüberging, ebenfalls so wie der Baron von S. das wunderliche Paar scharf ins Auge faßte und dadurch in den Stand gesetzt wurde, den kleinen Alten und seine Dame mit der vollendetsten Proträtähnlichkeit zu zeichnen. Der geneigte Leser darf nur beistehendes Blättlein anzuschauen belieben, und jede weitere Schilderung wird ganz überflüssig. – Das Herz bebte dem Baron, geheimnisvolle Ahnungen stiegen in ihm auf, aber niedersinken hätte er mögen in den schnöden Staub des Pariser Platzes, als die Dame sich nach im umschaute, als ihn wie ein Blitz, der durch finstre Wolken zuckt, durch den dichten Schleier der zündende Blick der schönsten schwarzen Augen traf.

Endlich faßte sich der Baron und begriff schnell, daß der Mutwille der Gassenbuben ihm sogleich die Bekanntschaft des Alten und der Dame verschaffen könne. Mit vielem Geräusch verjagte er die Jungen, näherte sich dann dem Alten und sprach, den Hut höflich abziehend: »Mein Herr, Sie bemerken nicht, daß kleine Bestien von Straßenbuben es darauf angelegt haben, Ihren schönen Haarzopf zu ruinieren durch Fußtritte.«

Der Alte sah dem Baron, ohne im mindesten seine Höflichkeit zu erwidern, starr ins Gesicht und schlug dann eine schallende Lache auf, worin die Gassenbuben nebst dem Sukkurs, den sie vom Brandenburger Tor herbeigeholt, einstimmten, so daß der Baron ganz beschämt dastand und nicht recht wußte, was er nun beginnen sollte.

Indessen schritt das Abenteuer langsam fort durch die Linden, der Baron warf einige Münze unter die Eleven der Pflanzschule für Spandau und folgte dann dem Paar, das zu seiner großen Freude einkehrte in den Konditorladen bei Fuchs.

Als der Baron eintrat, hatte der Alte mit der Dame schon Platz genommen in dem heimlichen, mit Weinlaub dekorierten Spiegelkabinett. Der Baron setzte sich in das anstoßende Zimmer, und zwar so, daß er das Paar in den Spiegeln genau erblicken konnte.

Der Alte sah sehr mürrisch vor sich nieder, die Dame sprach ihm heftig, jedoch so leise ins Ohr, daß der Baron kein einziges Wort vernehmen konnte. Jetzt kam, was sie bestellt, Eis, Kuchen, Likör. Die Dame faßte den Alten ans Hinterhaupt, und der Baron gewahrte zu seinem nicht geringen Erstaunen, daß sie den Haarzopf abschraubte, den sie dann öffnete wie ein Etui, und Serviette, Messer, Löffel herausnahm. Die Serviette band sie dem Alten um den Hals, wie man es bei Kindern zu tun pflegt, damit sie sich nicht beschmutzen. Der Alte blickte, plötzlich heiter geworden, mit seinen kohlschwarzen Augen die Dame sehr freundlich an und aß mit widrigem Appetit Eis und Kuchen. Jetzt schlug endlich die Dame den Schleier zurück, und in der Tat, man durfte weniger reizbar sein als der Baron, um doch wie dieser ganz hingerissen zu werden von der ausnehmenden Schönheit der Fremden. Mancher hätte vielleicht, nachdem er den ersten Turandotsblick ertragen, behauptet, es fehle dem Gesicht, der ganzen Gestaltung der Fremden jene Anmut, die, alle strenge Regel der Form verspottend, unwiderstehlich siegt, und ein andrer vielleicht vorgeben können, daß der seltsame Isis-Schnitt der Augen und der Stirn ihm etwas unheimlich bedünken wolle. – Genug! – die Fremde mußte jedem für eine gar wunderbare Erscheinung gelten! – Der Baron quälte sich damit, wie er es anfangen solle, sich auf schickliche Weise mit dem fremden Paare in Rapport zu setzen. – Wie, dacht er endlich, wenn du den Zauber der Musik ausströmen ließest, um das Gefühl der Schönsten aufzuregen! – Gedacht, getan, er setzte sich an das schöne Kistingsche Instrument, das bekanntlich in dem Zimmer des Fuchsischen Konditorladens steht, und begann auf eine Weise zu phantasieren, die wenigstens ihm, wenn auch nicht andern, göttlich, sublim vorkam. – Gerade bei einem säuselnden Pianissimo rauschte es im Kabinett, er blickte ein wenig seitwärts und gewahrte, daß die Dame aufgestanden. Dagegen lag oder sprang und hüpfte vielmehr auf dem Platz, wo sie gesessen, der Haarzopf des Alten, bis dieser ihn mit der flachen Hand niederklatschte und laut rief. »Kusch – kusch, Fripon!« – Etwas erschrocken über die seltsame Natur des Zopf-Fripons, fiel der Baron sogleich in ein Fortissimo und ging dann über in schmelzende Melodien. Da vernahm er, wie die Dame, verlockt von süßer Töne Gewalt, sich leisen Trittes ihm nahte und hinter seinen Stuhl trat. – Alles, was er bis jetzt Schmachtendes und Zärtliches von allen italienischen Maestros, von allen inis – anis – ellis und ichis gehört, kam an die Reihe. – Er wollte schließen im rauschenden Entzücken, da hörte er dicht hinter sich tief aufseufzen. – Nun ist es Zeit, dachte er, sprang auf und – blickte dem Rittmeister von B. ins Auge, der sich indessen hinter seinen Stuhl gestellt und nun versicherte, daß der Baron sehr unrecht tue, dem Herrn Fuchs die Gäste zu verscheuchen durch sein entsetzliches Lamentieren und Wirtschaften auf dem Piano. Soeben habe wieder eine fremde Dame alle mögliche Zeichen der Ungeduld blicken lassen und sei endlich mit ihrem Begleiter, einem kleinen possierlichen Mann, schnell entflohen.

»Was? – entflohen! –« rief der Baron ganz bestürzt, »entflohen aufs neue?« Der Rittmeister erfuhr nun von dem Baron in aller Eil genug, um einzusehen, welches interessante Abenteuer unterbrochen. –»Sie ist es – Sie ist es! Ha, meine Ahnung hat mich nicht getäuscht!« So schrie der Baron, da der Rittmeister als etwas Absonderliches bemerkte, daß die Dame eine kleine himmelblaue Brieftasche an einer goldnen Kette um den Hals gehängt gehabt. Herr Fuchs, der gerade in der Türe des Ladens gestanden, hatte gesehen, wie der kleine Alte einen herbeieilenden Halbwagen heranwinkte, mit der Dame hineinstieg und dann wegfuhr mit Blitzesschnelle. Man erblickte noch den Wagen ganz am Ende der Linden nach dem Schlosse zu.

»Ihr nach – ihr nach«, rief der Baron, »nimm mein Pferd!« der Rittmeister.

Der Baron schwang sich auf und setzte dem mutigen Roß die Hacken in die Rippen, das aber bäumte sich und brauste dann, freie Kraft und freien Willen übend, wie der Sturmwind fort durch das Brandenburger Tor geraden Strichs nach Charlottenburg, wo der Baron wohlbehalten und eben zu rechter Zeit ankam, um bei der Madame Pauli mit mehreren Bekannten ein Abendessen einzunehmen. Man hatte ihn kommen sehen und rühmte allgemein den scharfen und mutigen Ritt um so mehr, da man gar nicht gewußt, daß der Baron sicher und gewandt genug reite, um es mit einer solchen scheuen wilden Bestie aufzunehmen, als des Rittmeisters Pferd es sei.

Dem Baron war im Innern zumute, als müsse er sein Dasein verfluchen.

# Der griechische Heerführer.

## Das Rätsel

Vielen Trost gab dem Baron die Überzeugung, daß der Gegenstand seines Sehnens und Hoffens doch nun gewiß in den Mauern von Berlin sich befinde und daß jeden Augenblick ein günstiger Zufall ihm das seltsame Paar wieder zuführen könne. Unerachtet der Baron aber mehrere Tage unablässig vom frühen Morgen bis in den späten Abend die Linden durchstrich, so ließ sich doch keine Spur sehen, weder von dem Alten noch von der Dame.

Sehr vernünftig und geraten schien es daher, sich auf das Fremden-Bureau zu begeben und dort nachzuforschen, wo das seltsame Paar, das am vierundzwanzigsten Julius in der Nacht einpassiert, hingekommen.

Dies tat der Baron und entwarf zugleich dem Beamten ein sehr treues Bild des wunderlichen Kleinen und der griechischen Dame. Der Beamte meinte indessen, da von den einpassierten Fremden keine Steckbriefe entworfen würden, so könne ihm jene Schilderung wenig helfen, nachsehen wolle er jedoch, was für Fremde überhaupt in jener Nacht angelangt. Außer dem griechischen Kaufmann Prosocarchi von Smyrna fand sich indessen kein Ankömmling von fremdartiger Natur, lauter Amtsräte, Justizaktuarien und so weiter aus der Provinz waren am vier- und fünfundzwanzigsten Julius durch die Tore von Berlin hineingefahren. Besagter Kaufmann Prosocarchi war aber ohne alle Begleitung angekommen, schon deshalb konnte es nicht der kleine Alte sein, zum Überfluß begab sich aber der Baron zu ihm hin und fand einen schönen großen Mann von angenehmer Bildung, dem er mit Vergnügen einige Pastilles du serail und auch Balsam von Mekka, der das verstauchte Bein des Magus kuriert, abkaufte. Prosocarchi meinte übrigens auf Befragen, ob er nichts von einer griechischen Fürstin wisse, die sich in Berlin aufhalte, daß dies wohl nicht der Fall sein werde, da er sonst schon gewiß einen Besuch von ihr erhalten. Übrigens aber sei es gewiß, daß sich ein vertriebener Primat von Naxos aus einer uralten fürstlichen Familie mit seiner Tochter in Deutschland umhertreibe, den er indessen niemals gesehen.

Was blieb dem Baron übrig, als jeden Tag, wenn die Witterung günstig, nach jener verhängnisvollen Stelle im Tiergarten zu wallfahrten, wo er die Brieftasche gefunden und die, wie es aus dem darin befindlichen Blättlein zu entnehmen, der Lieblingsplatz der Griechin geworden.

»Es ist«, sprach der Baron, als er auf der Bank saß bei der Statue des Apollo, zu sich selbst, »es ist gewiß, daß sie, die Herrliche, Göttliche, mit ihrem krummen Magus diesen Platz öfters besucht, aber wie ist es möglich, hilft nicht ein glücklicher Zufall, daß ich den Augenblick treffe, wenn sie zugegen? – Nimmer – nimmer sollt ich diesen Ort verlassen, ewig hier weilen, bis ich sie gefunden!«

Aus diesem Gedanken entstand der Entschluß, gleich hinter der verhängnisvollen Bank, neben dem Baum mit der Inschrift eine Einsiedelei anzulegen und fern von dem Geräusch der Welt in wilder Einöde ganz dem Schmerz der sehnsuchtsvollen Liebe zu leben. Der Baron überlegte, auf welche Weise er bei der Regierung zu Berlin um die Erlaubnis nachsuchen müsse zum beschlossenen Bau und ob er nicht zu dem Eremitenkleid auch einen falschen Bart tragen solle, den er dann, wenn er sie gefunden, mit vieler Wirkung herabreißen könne vom Kinn. Während diesen Betrachtungen war es aber ziemlich finster geworden, und der rauhe Herbstwind, der durch die Bäume strich, mahnte den Baron, daß es, da die Einsiedelei noch nicht stehe, geraten sein würde, anderswo Dach und Fach zu suchen. – Wie bebte ihm aber das Herz, als er, aus dem dichten Laubgange herausgetreten, den Alten mit der verschleierten Dame vor sich herschreiten sah. Beinahe besinnungslos stürzte er dem Paar nach und rief ganz außer sich: »O mein Gott – endlich – endlich – ich bin's – Theodor – die blaue Brieftasche!« – »Wo ist sie, die Brieftasche – haben Sie sie gefunden? – Gott sei gedankt!« – So rief der Kleine, indem er sich umwandte. Und dann: »Ha, sind Sie es, bester Baron? – Nun, das ist ein wahres Glück, ich gab mein Geld schon verloren.«

Niemand anders aber war der Kleine, als der Bankier Nathanael Simson, der mit seiner Tochter eben von einem Spaziergange zurückkehrte nach seiner im Tiergarten belegenen Wohnung. Man kann denken, daß der Baron nicht wenig betreten war über seinen Irrtum, und das um so mehr, als er sonst der ganz hübschen, aber ein wenig alternden Amalia (so hieß des Bankiers Tochter) sehr stark den Hof gemacht, sie aber dann verlassen. Mit beißendem Spott hatte Amalia über des Barons verfehlte Reise nach Griechenland gesprochen, und eben deshalb der Baron sie vermieden, wie er nur konnte.»Sieht man Sie endlich wieder, lieber Baron!« So begann Amalia, doch Simson ließ sie nicht zu Worte kommen, sondern fragte unaufhörlich nach der Brieftasche. Es fand sich, daß er vor einigen Tagen, was ihm sonst nie geschehen, in den Gängen des Tiergartens eine Brieftasche, worin ein Funfzigtaler-Tresorschein befindlich, verloren, und diese, glaubt er, hätte der Baron gefunden. Der Baron war ganz verwirrt über das Mißverständnis und wünschte sich hundert Meilen fort. Indem er aber sich loszumachen strebte, hing Amalia ohne Umstände ihren Arm in den seinen und meinte, daß man einen werten Freund, den man so lange nicht gesehen, festhalten müsse. – Der Baron fand keine Entschuldigung, er mußte sich bequemen, mit der Familie Tee zu trinken. Amalia hatte sich in den Kopf gesetzt, den Baron aufs neue an sich zu fesseln. Sie forderte ihn auf, so viel von dem Abenteuer, das er in Griechenland zu bestehen gedacht, zu erzählen, als er dürfe, ohne vielleicht tiefe Geheimnisse zu verraten, in die sie nicht eindringen wolle, und da sie alles, was der Baron vorbrachte, himmlisch, göttlich, sublim fand, so ging diesem immer mehr das Herz auf. Er konnt es nicht unterlassen, alles herauszusagen, wie es sich in der Nacht vom vier- zum fünfundzwanzigsten Julius sowie im Fuchsischen Laden begeben. Amalia bezwang sehr geschickt das Lachen, zu dem sich ein paarmal die Mundwinkel verzogen, beschwor den Baron, doch einmal zur Abendzeit sie im neugriechischen Kostüm zu besuchen, da er darin ganz allerliebst aussehen müsse, und schien zuletzt plötzlich in einen halbträumerischen Zustand zu versinken.»Es ist vorüber!« sprach sie dann. Natürlicherweise fragte der Baron, was denn vorüber sei, und nun vertraute Amalia, daß sie soeben von dem Andenken an einen äußerst merkwürdigen Traum ergriffen worden, den sie vor einiger Zeit, und zwar, wie es ihr jetzt bestimmt beifalle, in der Nacht vom vier- zum fünfundzwanzigsten Julius geträumt. – Da sie in Friedrich Richters Werken wohlbelesen, so gelang es ihr in dem Augenblick einen Traum zu improvisieren, der phantastisch genug klang und dessen Tendenz in nichts Geringerem bestand, als des Barons Erscheinung in neugriechischer Tracht, wie alle ihre innerste Liebe entzündend, darzustellen. – Der Baron war hin! – Die Griechin, die Einsiedelei, die blaue Brieftasche vergessen!

Aber nicht anders geht es in der Welt, das, was man eifrig verfolgt, erreicht man am letzten, das, was man nicht zu erreichen strebt, kommt von selbst herbei. Der Zufall ist ein neckischer und neckender Spukgeist!

Genug, der Baron hatte beschlossen, hauptsächlich Amalias halber Berlin vorderhand nicht zu verlassen, und fand es daher nötig, die »Sonne« mit einer bequemern Wohnung zu vertauschen.

Als er nun die Stadt durchwanderte, fiel ihm über der Türe des schönen großen Hauses in der Friedrichssstraße Nr. -- ein großer Zettel mit der Inschrift ins Auge: »Hier sind möblierte Zimmer zu vermieten!«

Der Baron stieg ohne weiteres die Treppe herauf. Vergebens sucht er eine Klingelschnur, und mochte er an diese, jene Türe im Vorsaal klopfen, wie er wollte, alles blieb mäuschenstill. Endlich war's ihm, als höre er von innen heraus ein seltsames Plappern und Schwatzen. Er drückte die Türe des Gemachs, aus dem der Ton zu kommen schien, auf und befand sich in einem mit auserlesenem Geschmack und großer Pracht ausstaffierten Zimmer. Vorzüglich merkwürdig schien ihm das große Bett mit reicher seidener Draperie, Blumengewinden und vergoldetem Schnitzwerk, das in der Mitte stand.

»Lagos pipèrin étrive, kakon tys kefalis tu!«[1]

So rief es dem Baron mit schnatternder Stimme entgegen, ohne daß er irgend jemanden gewahrte. Er schaute um sich und – o Himmel! – auf einem zierlichen Pfeilertisch lag die verhängnisvolle Brieftasche! Er sprang hinzu, wollte sich des ihm geraubten Kleinods bemächtigen, da schrie es ihm in die Ohren:

---

[1] Da der Baron nicht Neugriechisch verstand, so wußte er nicht, daß diese Worte heißen:»Der Hahn stieß den Pfeffer zum Verderben seines Haupts.«

46

»O diavolos jidia den yche, ke tyri epoulie.[2]

Entsetzt prallte er zu-
rück! – Aber in dem Augenblick vernahm er leise Seufzer, die offenbar aus dem großen Bette kamen. Sie ist es! – Sie ist es! so dachte
er, und das Blut stockte ihm in den Adern vor Wonne und süßer
Ahnung. – Er näherte sich bebend, erblickte durch eine Spalte der
Gardine eine Spitzenhaube mit bunten Bändern.»Mut – Mut«, flüsterte er sich zu, faßte die Gardine, zog sie zurück. – Da fuhr aus den
Kissen mit einem gellenden Schrei in die Höhe – jener wunderliche
kleine Alte, dem er mit der Dame begegnet. Er war es, der die weib-
liche Spitzenhaube auf dem Kopfe trug, und deshalb sah der Kleine
so höchst possierlich aus, daß jeder andere, der weniger gespannt
auf ein Liebesabenteuer, wie der Baron, in lautes Lachen ausgebro-
chen wäre.

Der Alte glotzte den Baron an mit seinen großen schwarzen Augen und begann endlich mit leiser wimmernder Stimme: »Sind Sie

---

2 »Der Teufel hatte keine Ziegen und verkaufte dennoch Käse!«

es, Hochgeborner? – Ach Gott, Sie führen doch nicht etwa Böses im Schilde gegen mich, weil ich Sie neulich ausgelacht auf dem Pariser Platz, als Sie meinen muntren Jungen von Haarzopf in Schutz nehmen wollten? Starren Sie mich nicht so entsetzlich an – ich muß mich sonst fürchten.«

Der Baron schien nichts von dem, was der Alte sprach, zu vernehmen, denn ohne den stieren Blick von ihm abzuwenden, murmelte er dumpf vor sich hin: »König von Candia – König von Candia!« – Da lächelte der Alte sehr anmutig, setzte sich auf die Kissen und begann: »Ei, ei, bester Baron Theodor von S., sollten Sie auch von dem seltsamen Wahnsinn befangen sein, mich geringen Mann für den König von Candia zu halten? – Sollten Sie mich denn nicht kennen? – Sollten Sie denn nicht wissen, daß ich niemand anders bin als der Kanzleiassistent Schnüspelpold aus Brandenburg?«

»Schnüspelpold?« wiederholte der Baron. – »Ja, so heiße ich«, fuhr der Kleine fort, »aber Kanzleiassistent in officio schon seit langen Jahren nicht mehr. Die verdammte Sucht zu reisen hat mich um Amt und Brot gebracht. Mein Vater – Gott habe ihn selig, er war ein Knopfmacher in Brandenburg – war auch solch ein Reisenarr und sprach so viel von der Türkei, wo er einmal gewesen, daß ich nicht länger ruhig sitzen konnte. Vielmehr stand ich eines Tages auf, ging über Genthin nach Tangermünde, setzte mich dort in einen Elbkahn und fuhr nach der Ottomanischen Pforte. *Die* wurde aber, als ich ankam, gerade zugeworfen, und da ich mit der rechten Hand hineingreifen wollte in die Türkei, quetschte mir die Pforte zwei Finger weg, wie Sie, Hochgeborner, hier an den wächsernen Fingern sehen können, die mir die abgequetschten ersetzen sollten. Da dieses schnöde Wachs aber immer wegschmolz beim Schreiben –«

»Lassen Sie«, unterbrach der Baron den Alten, »lassen Sie das, und sagen Sie mir lieber alles von der fremden Dame, von dem Himmelsbilde, das ich mit Ihnen erblickte im Fuchsischen Laden.«

Der Baron erzählte nun, wie es gekommen mit dem Fund der Brieftasche, der Reise nach Griechenland, dem Traum in der »Sonne«, und schloß damit, den Alten zu beschwören, seiner Liebe nicht entgegen zu sein, da, seiner seltsamen Ausreden unerachtet, und wenn er auch nichts Höheres vorstellen wolle, als der Kanzleiassistent Schnüspelpold aus Brandenburg, er doch als Vater oder Oheim der holden Griechin über ihr Schicksal gebiete. »Ei«, sprach Schnüspelpold, vor Freude schmunzelnd, »ei, das ist mir ja über alle Maßen lieb, daß Sie vermöge der blauen Brieftasche in Liebe gekommen zu der griechischen Fürstin, deren Vormund ich zu sein die lästige Ehre habe. Das Oberlandesgericht auf Paphos hat mich dazu erkoren, weil sie keinen Menschen finden konnte, der gewisse geheime magische Eigenschaften – nun, nun, Schnüspelpoldchen, schwatze nicht aus der Schule! – still, still, mein Söhnlein! – Ich zweifle gar nicht, Hochgeborner, daß Sie bei meinem Mündel reüssieren werden! – Soviel kann ich ihnen sagen, daß sie einen jungen Prinzen, namens Teodoros Capitanaki sucht, den eigentlichen Finder der blauen Brieftasche, sind Sie denn nun auch derselbe nicht –« – »Was«, unterbrach der Baron den Alten, »was? ich sollte die Brieftasche nicht gefunden haben?« – »Nein«, erwiderte der Alte fest und stark, »Sie haben die Brieftasche nicht gefunden und sind überhaupt von allerlei tollen Einbildungen befangen.« – »Vergebens hängst du dich mir an die Füße, grober, bleischwerer König«, rief der Baron, aber die gellende Stimme schrie:

»Allu ta kas karismata, kai allu genun y kotés.«[3]

»Still, still, kleiner Schreihals«, sprach der Alte sanft, und der graue Papagei hüpfte auf die oberste Sprosse seines Gestells. Dann wandte der Alte sich zum Baron und sprach ebenso sanft: »Sie heißen Theodor, Hochgeborner, und wer weiß, welche geheime Beziehungen noch stattfinden und Sie zu dem rechten Teodoros Capitanaki machen können. – Eigentlich kommt es nur auf eine Kleinigkeit an, wodurch Sie Herz und Hand meiner fürstlichen Mündel auf der Stelle gewinnen können. Ich weiß, Sie haben hübsche Konnexionen im Departement der auswärtigen Affären. Können Sie es durch diese dahin bringen, daß der Großsultan die griechischen Inseln für einen Freistaat erklärt, so ist Ihr Glück gemacht! – Aber – was erblicke ich -«

Mit diesem Ausruf sank der Alte tief in die Kissen zurück und zog die Bettdecke über den Kopf.

Der Baron folgte dem Blick des Alten und schaute im Spiegel die Gestalt der Griechin, die ihm zuwinkte.

Sie stand in der offenen Türe, die dem Spiegel gegenüber befindlich. Er wollte ihr entgegen, verwickelte sich aber in den Fußteppich und fiel der Länge nach hin. Der Papagei lachte sehr. Als aber nun die Griechin, in das Zimmer hineingeschritten, dicht neben dem Baron stand, suchte er, wie ein geschickter Tänzer, seinem Fall den Anschein des Niederstürzens auf die Knie zu geben. »Endlich, o süßer Abgott meiner Seele«, so begann er auf italienisch, doch die Griechin sprach mit leiser Stimme: »Still, wecke den Alten nicht, indem du mir wiederholst, was ich längst weiß – stehe auf!« – Sie reichte ihm die Lilienhand, er erhob sich ganz Wonne und Entzücken und nahm Platz an ihrer Seite auf dem üppigen Diwan, der in dem Hintergrunde des Zimmers angebracht.

»Ich weiß alles«, wiederholte die Griechin, indem sie ihre Hand in der des Barons ruhen ließ, »mag auch mein Magus behaupten, was

---

[3] Die Henne gackert an einer Stelle und legt an der andern ihr Ei.

er will, du fandest die Brieftasche – du bist aus griechischem fürstlichen Stamm entsprossen, und bist du auch nicht der, dem meine Seele, mein Ich nacheilte, so kannst du doch Herr meines Lebens werden, wenn du willst!«

Der Baron erschöpfte sich in Beteurungen. Die Griechin, sinnend den Kopf in die Hand gestützt, schien nicht darauf zu achten, endlich fragte sie dem Baron leise ins Ohr: »Hast du Mut?« Der Baron beteuerte, daß er Mut besitze wie ein Löwe.

»Könntest du wohl«, fuhr die Griechin fort, »dem alten Ungetüm dort im Bette, während er fest schläft, mit diesem Messerchen -«

Der Baron, das bekannte chirurgische Messerchen aus der Brieftasche in der Hand der Griechin gewahrend, schauerte entsetzt zurück -

»- mit diesem Messerchen«, sprach die Griechin weiter, »den Zopf in der Mitte durchschneiden? – doch es ist nicht nötig, der Papagei bewacht ihn, und wir können ruhig sprechen. – Also aus fürstlichem Stamm?« – Der Baron erzählte nun von dem Bilde der Großmutter, seiner Mutter, genug, alles das, was der geneigte Leser aus dem Gespräch des Barons mit seinem Oheim bereits erfahren.

Die schönen Augen der Griechin leuchteten vor Freude, durch ihr ganzes Wesen schien der Feuerstrom neuen Lebens zu glühen, sie war in diesem Augenblick so über die Maßen schön und herrlich, daß der Baron sich in den höchsten Himmel verzückt fühlte. Selbst wußte er nicht, wie es geschah, daß sie plötzlich in seinen Armen lag, daß brünstige Küsse auf seinen Lippen brannten.

»Ja«, sprach die Griechin endlich, »ja, du bist es – du bist es, der erkoren, mein zu sein. Eile mit mir nach dem Vaterlande zurück, nach jener heiligen Stätte, wo schon die entschlossenen Häupter des Volks gewappnet und deiner gewärtig stehen, um das schnöde schändliche Joch abzuschütteln, unter dem wir ein elendes mühseliges Leben hinseufzen. Ich weiß es, dir fehlt nicht mehr Kleid und Rüstung, dir fehlen nicht Waffen. Alles hast du vorbereitet. Du stellst dich an die Spitze, du schlägst, ein tapfrer Heerführer, den Pascha aufs Haupt, du befreiest die Inseln und genießest, mit mir verbunden durch ein heiliges Band, alles Glück, das dir die Liebe und die schöne segensreiche Heimat gewähren kann. – Was hast du auch zu befürchten bei dem kühnen Unternehmen? – Schlägt es fehl, so stirbst du entweder den Heldentod des tapfern Kriegers, oder bekommt dich der Pascha gefangen, so wirst du höchstens gespießt, oder man streut dir Pulver in die Ohren und zündet es an oder wählt eine andere dem wahren Helden anständige Todesart.

Mich bringt man, da ich jung bin und schön, in den Harem des Pascha, aus dem mich dann, bist du wirklich doch nicht der junge Fürst Teodoros Capitanaki, sondern, wie mein Magus behauptet, nur der schwarze Hasenfuß aus dem Tiergarten gewesen, mein wahrhaftiger Prinz befreien wird.«

In dem Innern des Barons ging bei diesen Reden der Griechin eine seltsame Veränderung vor. Denn auf glühende Hitze folgte eine Eiskälte, und es wollte den Baron gar eine Fieberangst überwältigen.

Doch nun blitzte es aus den Augen der Griechin, ihr ganzes Antlitz wurde furchtbar ernst, sie erhob sich, stand in voller hoher Majestät vor dem Baron und sprach mit dumpfer feierlicher Stimme: »Wärst du aber weder Teodoros noch der schwarze Hasenfuß? – Wärst du nichts als ein täuschendes Schattenbild? – das Schattenbild jenes unglücklichen Jünglings, dem die böse Enzuse, schmerzhaft berührt von seinem Violinbogen, das Blut aussog?[4] – Ha! – deine Pulsader muß ich öffnen – dein Blut sehen, dann schwindet jede dämonische Täuschung!«

Damit schwingt die Griechin das blanke blitzende Messerchen hoch empor, aber der Baron springt schnell auf, rennt entsetzt nach der Türe. Der Papagei schreit gellend:

»Alla paschy o gaïdaros ké alla evryskusi.«[5]

---

[4] Bartholdy erzählt in seiner »Reise nach Griechenland« von einem Jüngling, der zu Athen starb und dessen Tod man folgendem zuschrieb: Eines Abends saß er mit einem Freunde im Freien auf einer Bank und spielte die Geige. Dadurch herbeigelockt, setzt sich eine Larve (Enzuse) neben ihm hin. Er fährt aber fort zu spielen und berührt mit dem Bogen die Larve schmerzhaft, die sich zu rächen beschließt. Von dem Augenblick schwindet sein Körper hin. Er wird zum Schattenbilde, bis er stirbt.

[5] Der Esel findet was anders, als wornach er trachtet!

Schnüspelpold ist mit einem gewagten Satz aus dem Bette heraus, ruft:»Halt – halt, Hochgeborner – die Fürstin ist Ihre Braut – Ihre Braut!« – Doch pfeilschnell ist der Baron die Treppe hinab, hinaus aus dem Hause – fort – fort - -

- Amalia Simson wollte herausgebracht haben, daß der angebliche Kanzleiassistent Schnüspelpold niemand anders gewesen als ein gelehrter Jude aus Smyrna, der nach Berlin gekommen, um sich von dem Geheimerat Diez über eine zweifelhafte Stelle im Koran belehren zu lassen, den er unglücklicherweise nicht mehr am Leben gefunden. Die griechische Fürstin machte Amalia Simson zu der Tochter des Juden, die über den Verlust ihres Geliebten wahnsinnig geworden.

Alles verhält sich wohl aber ganz anders. Der geneigte Leser möge nur an das Blättlein denken und an so manchen andern vorgekommenen Umstand, um sich zu überzeugen, daß das Rätsel keineswegs gelöset.

Merkwürdig genug ist es, daß der Baron Theodor von S. nun wirklich nach Griechenland gereiset sein soll. Kommt er bald zurück, so wird man Näheres erfahren von Schnüspelpold und der Griechin, die Schreiber dieses aller Mühe unerachtet in Berlin nicht hat auffinden können. – Weiß derselbe künftig mehr von dem Baron und seinen geheimnisvollen Verhältnissen, so wird er nicht unterlassen, im folgenden Jahre dem geneigten Leser auf dem einmal eingeschlagenen Wege davon getreuen Bericht zu erstatten.

Die Fortsetzung dieses Fragments findet sich in der Erzählung»«

## Über tredition

### Eigenes Buch veröffentlichen

tredition wurde 2006 in Hamburg gegründet und hat seither mehrere tausend Buchtitel veröffentlicht. Autoren veröffentlichen in wenigen leichten Schritten gedruckte Bücher, e-Books und audio-Books. tredition hat das Ziel, die beste und fairste Veröffentlichungsmöglichkeit für Autoren zu bieten.

tredition wurde mit der Erkenntnis gegründet, dass nur etwa jedes 200. bei Verlagen eingereichte Manuskript veröffentlicht wird. Dabei hat jedes Buch seinen Markt, also seine Leser. tredition sorgt dafür, dass für jedes Buch die Leserschaft auch erreicht wird.

Im einzigartigen Literatur-Netzwerk von tredition bieten zahlreiche Literatur-Partner (das sind Lektoren, Übersetzer, Hörbuchsprecher und Illustratoren) ihre Dienstleistung an, um Manuskripte zu verbessern oder die Vielfalt zu erhöhen. Autoren vereinbaren direkt mit den Literatur-Partnern die Konditionen ihrer Zusammenarbeit und partizipieren gemeinsam am Erfolg des Buches.

Das gesamte Verlagsprogramm von tredition ist bei allen stationären Buchhandlungen und Online-Buchhändlern wie z. B. Amazon erhältlich. e-Books stehen bei den führenden Online-Portalen (z. B. iBookstore von Apple oder Kindle von Amazon) zum Verkauf.

Einfach leicht ein Buch veröffentlichen: **www.tredition.de**

## Eigene Buchreihe oder eigenen Verlag gründen

Seit 2009 bietet tredition sein Verlagskonzept auch als sogenanntes "White-Label" an. Das bedeutet, dass andere Unternehmen, Institutionen und Personen risikofrei und unkompliziert selbst zum Herausgeber von Büchern und Buchreihen unter eigener Marke werden können. tredition übernimmt dabei das komplette Herstellungs- und Distributionsrisiko.

Zahlreiche Zeitschriften-, Zeitungs- und Buchverlage, Universitäten, Forschungseinrichtungen u.v.m. nutzen diese Dienstleistung von tredition, um unter eigener Marke ohne Risiko Bücher zu verlegen.

Alle Informationen im Internet: **www.tredition.de/fuer-verlage**

tredition wurde mit mehreren Innovationspreisen ausgezeichnet, u. a. mit dem Webfuture Award und dem Innovationspreis der Buch Digitale.

tredition ist Mitglied im Börsenverein des Deutschen Buchhandels.

## Dieses Werk elektronisch lesen

Dieses Werk ist Teil der Gutenberg-DE Edition DVD. Diese enthält das komplette Archiv des Projekt Gutenberg-DE. Die DVD ist im Internet erhältlich auf **http://gutenbergshop.abc.de**

Zeitfracht Medien GmbH
Ferdinand-Jühlke-Straße 7
99095 Erfurt, Deutschland
produktsicherheit@kolibri360.de